祈願の病歷表

medical recordwith a prayer
mikito chinen

祈りのカルテ

知念實希人

詹慕如 譯

CONTENTS

「閉上眼睛的理由」

1

冰冷的水通過食道落入胃袋。山野瑠香大大吐了一口氣，用手指彈開一片散亂客廳桌上的鋁箔空藥片。

坐在冷硬木地板上，瑠香慢慢轉動著脖子，將視線移到放在櫥櫃上的相框。照片裡，瑠香跟一個年輕男人手牽著手站著。男人那少了點霸氣卻溫柔的笑臉，讓她從被水冷透的胸骨後方慢慢暖了起來。三年前幸福時光的記憶在腦中躍動。

感受著這股恍惚，她看看右手的手錶。手錶上的日期顯示著「3」。已經十一月三日了啊，那就是後天了。只要到後天為止待在「那裡」，一定能再次見到溫柔的他。再次見到溫柔的他？真能實現嗎？突如其來的強烈不安揪緊了她的胸口。她再次感到窒息，呼吸漸漸紊亂。

瑠香連忙隔著手錶撫著自己的手腕，那宛如纏捲著好幾條繩圈、刻畫著白色線條的手腕。

觸摸著這些從高中時期反覆持續至今的割腕痕跡，紛亂的心情才慢慢平息了下來。

呼出一口細長的氣息，瑠香拿起放在桌上的手機，開始按下按鍵。

「119您好，請問需要救護車還是消防車？」

電話那頭響起接線生明快的聲音。

「……我吃了藥。」

「什麼？」

瑠香聽著接線生狐疑的嘟囔，嘴角露出笑容。一種自虐到令人難以卒睹的笑。

「我剛吃了很多安眠藥。……請快點派救護車過來。」

2

……好睏。正將剛診察完的交通事故外傷患者治療內容輸入電子病歷系統的諏訪野良太，看了一眼顯示器右下角顯示的小小時刻。上面寫著「2:08」。

已經凌晨兩點多了啊，難怪這麼睏。他忍著呵欠環望室內。大約三十分鐘前還激烈得猶如戰場的純正醫大附設醫院急診室，現在相當清閒。後方急救處置室的三床都空著。不過誰也不知道患者什麼時候會送進來。為了撐過這個漫長的夜晚，本來很想先趁機小睡一下。但是十幾分鐘前，前輩急診醫生丟下一句「病歷就交給你嘍」，他反射性地像居酒屋店員一樣回答：「好的！沒問題！」落得現在這樣一個人寂寞敲鍵盤的下場。

也罷，第一年PGY[1]能做的其實也只有這些了。諏訪野坐在位子上伸展他瘦長的

[1] Post Graduate Year，不分科住院醫師。六年醫學系畢業後、取得國考資格後，需經過兩年的支薪不分科臨床訓練。日本於二〇〇四年、台灣於二〇一三年正式導入此制度。

身體。脊椎發出喀啦喀啦的聲響。

醫學院畢業後醫師國考合格的人，必須先以PGY身分經過兩年的不分科住院醫師短期訓練。這兩年內每隔幾個月就要輪流前往內科、外科、小兒科、婦產科、急診室等不同科別，培養身為醫生的基礎能力。大約半年前開始，諏訪野就開始在母校純正會醫科大學的附設醫院接受訓練。

現在諏訪野正在精神科接受訓練，而純正醫大的制度規定，不管在哪一科受訓，每週都必須要在急診處值班一次。所以他從昨天下午六點開始，已經跟急診醫生一起連續八個多小時忙於診療不斷被送進來的患者。

好！終於告一段落了。趕緊收尾去睡一下吧……。諏訪野再次將手放上鍵盤，就在這時候，急診醫師休息室的門打開，身穿制服的中年男人搔著有些稀疏的頭髮走進來。是急診醫師上松。

「病歷打完了嗎？」

上松走近他，隔著肩頭望向電腦螢幕。

「啊，還沒，還剩一點。再三分鐘就可以完成了。」

「待會再弄吧。接到請求收治的通知，快去準備。」

上松的話聲裡混著呵欠，同時對正在急診室一角聊天的護理師們招了招手。

「有急救患者要送來嗎？」

諏訪野反射性地反問。每當接到請求收治的通知，上松那敦實的身體總是會散發出緊張感，從丹田發出宏亮的指示。但現在的他卻像假日早晨剛被叫醒的家居好爸爸一樣，半點霸氣都沒有。

「不是急診患者，只是被救護車送來的患者。」

上松又低聲說了一次：「不是急診患者。」然後看了一圈周圍慢慢湊過來的護理師們。

「二十六歲、女性，大量服藥。意識模糊，生命徵象正常。預計再五分鐘左右到達。是老面孔，瑠香。」

護理師之間緊繃的氣息也瞬間舒緩。

「喔喔，原來是瑠香啊……」其中一位護理師哼聲道。

「請問，你們說的瑠香是……」

「喔，你還沒見過嗎？她在我們這裡很有名呢。反正你等一下就知道了，先準備一下吧。」

上松拍了拍還沒掌握住狀況、一臉困惑的諏訪野肩膀，再次放情大打呵欠，一邊走向急救處置室。

處置室裡大家正做著點滴和抽血的準備等，調整好接收患者的狀態。但是動作跟平時相比卻明顯地緩慢。諏訪野偏頭不解，此時遠方已經傳來救護車的鈴聲。引人不安的鈴音漸漸變大，然後倏地安靜。連接處置室和門外的自動門打開，三位救急隊員喀啦喀啦推著推床進來。

諏訪野衝到推床旁看著躺在上面的患者。是個纖瘦的年輕女人，一頭長髮染成咖啡色。長相算清秀，但臉色很差、雙頰凹陷，看來日子過得不太好。

「山野瑠香，二十六歲、女性。服用大量安眠藥後自行呼叫救護車。房間裡散亂著安眠藥的空藥片。日本昏迷指數II-10。血壓一一八、六四，脈搏六八、體溫三十六度，血氧飽和度百分之九十九。」

其中一名隊員流暢地說明患者狀態。但是口氣卻微妙地有些隨便。

隊員跟醫護人員合力將女人從推床移到處置病床上。這時女人依然沒有張開眼睛。

「好的，每次都辛苦你們啦。再來換我們接手嘍。」

上松在文件上簽了名後，隊員們苦笑地離開急救處置室。

這明顯跟一般收治急診患者時不同的氣氛讓諏訪野一頭霧水，但總之他打算先建立點滴管路，拿著點滴針和酒精棉站在病床邊。隔著病床站在他對面的上松，開始粗暴地搖晃患者的肩膀。

「山野小姐，聽得見？這裡是醫院。您又吃藥了嗎？」

又？諏訪野皺起眉頭，資深護理師附耳對他說：

「這位是常客了啦，每兩個月就會有一次像這樣因為大量服用安眠藥被送過來。她本來就在我們精神科看診，偶爾會因為割腕之類的來就診，大概兩年左右前離婚之後，好幾次都因為大量服藥被送過來。短的時候隔三週左右就會看到她。」

諏訪野的視線落在她的右手。上面有好幾道白色傷痕。看到那些像條碼一樣密密麻麻的割腕痕跡，他不禁緊繃住臉。

「山野小姐、山野小姐～……還是不行。先接上監視器吊點滴，讓她睡在病床上吧，早上再轉去精神科。」

再怎麼搖患者都沒有反應，上松只能聳聳肩。

「請問，不用洗胃之類的嗎……？」諏訪野微舉起手。

「洗胃？不用不用。這孩子每次都固定吃二十顆安眠藥。」

「二十顆的話不會有事嗎？」

「是啊，以前的巴比妥類安眠藥如果吃太多可能會致死，但現在主流的苯二氮平類安眠藥，大部分種類如果要達致死量，得吃到好幾千顆。洗胃反而會提高誤嚥的風險。為求保險接上監視器，再來吊個點滴讓她睡就行了。反正她本來就沒打算自殺。」

「啊？什麼意思？」

「剛剛急救人員不是說了嗎？她吃了藥之後自己叫了救護車。一心求死的人怎麼可能這麼做？這位患者過去已經有過二十多次一樣的狀況。她只是希望人關注而已，最好前夫還會因為擔心過來看看她。你看，她就是太依賴她先生，還自己弄了這種東西在身上。」

上松隨意捲起了女人身上的長袖襯衫左袖。看到露出的手臂，諏訪野差點要叫出聲來。

女人細瘦的上臂，有好幾個被香菸摁出的點狀燒燙傷。其中幾個看起來應該是最近才有的，潰爛呈紅黑色。他發現燒燙傷似乎排成一個字，背脊一涼。

「彰。」

女人白皙的手臂上，有慘不忍睹的燒燙傷痕排出這個字。

3

「早啊，諏訪野醫生。」

趴在精神科醫局桌上睡覺的諏訪野，被人拍了下肩膀嚇得身體一震。用手背抹掉從嘴角流出的口水，一邊轉頭看身後，原來是他在精神科的指導醫師立石聰美，正從她黑框眼鏡後方俯瞰著諏訪野。她留著乾淨齊肩的鮑伯頭，薄施脂粉，那張以三十好幾的歲數來說還顯稚嫩的臉上帶著笑容。

「立石醫生，早安！」

諏訪野從座位上站起來，直立不動地打招呼。大學六年都活在柔道社這種體育世界裡，看到前輩總是忍不住表現得過度殷勤。

「你看起來很累，昨天值班時沒能睡嗎？」

「是啊，還滿忙的。不過一看到美麗的醫生，我馬上就炯炯有神了，還請放心。」

「看你還能開玩笑，那應該沒什麼問題吧。」立石露出苦笑。

諏訪野聳聳肩看向手錶，時間剛過上午八點半。

「門診快開始了，我馬上去準備。」

仰頭乾盡桌上喝到一半的罐裝咖啡。今天九點開始預計要去觀摩立石的門診。為了不在患者面前打瞌睡，得先把咖啡因補好補滿。

「啊，你今天就不用來門診觀摩了。我有其他事想拜託你。」

「喔，什麼事？」

「昨天、應該算今天吧，諏訪野醫生幫送進來的患者山野瑠香小姐診察過吧。」

「對，不過那樣算診察嗎？……我幾乎什麼都沒做。」

「山野小姐由我們來負責。我看門診的時候你去問一下狀況，如果可以先幫忙填好病歷可就幫大忙了。」

「啊？」

幾個小時前看到的那慘烈燒燙傷痕跡重現在諏訪野腦中，睡眠不足的頭一陣鈍痛。

「總之我們先一起去跟瑠香小姐打個招呼吧。」

立石沒理會還愣愣站在原地的諏訪野，逕自揮動白袍衣袖往前走。

「請問，問診的時候該問些什麼？」

前往精神科病房時，諏訪野不安地詢問身邊的立石。

「嗯，總之先問問她這次為什麼會大量服藥、現在有什麼煩惱之類的吧？你不用太緊張啦，就像你平常那樣跟她輕鬆聊聊就好了。你不是最擅長跟陌生人變熟了嗎？」

「喔……」

走進精神科病房樓層，立石並沒有走向右邊有厚重大門隔離的封閉病房，而是往左邊的開放病房走，然後在一間單人房前停下腳步。

「不是在封閉病房啊，而且還是單人房？」

「對啊，這間房間不用另外自費支付單人房費用。她跟其他患者待在一起狀況會不穩定。再說，雖然是大量服藥，也不是真心想自殺，住院期間應該不會有自傷行為，所以在開放病房就行了。」

立石正要伸手推門，諏訪野急忙叫住她：「請問……」

「在手臂上燒出情人的名字，是很常見的嗎？」

「喔，你說那個啊。我記得是瑠香還沒離婚時就有的。雖然不能說『常見』，不過我確實看過幾個例子。因為強忍疼痛在身體留下對方的名字，可以實際感受跟對方之間的牽絆。不是有人會在身上刺情人的名字嗎？大概跟那種刺青是類似的心態吧。」

立石隨意拉開了拉門，裡面是大約三坪大小的病房，山野瑠香躺在窗邊病床上。

病床旁邊的心電圖監視器規律地發出嗶、嗶的電子聲響。

瑠香的眼睛睜開，看來安眠藥失效了。可是諏訪野並不確定此時她是否已經恢復意識。朝向天花板的眼睛目光渙散失焦，就像嵌在眼窩裡的玻璃珠子一樣。

立石大步走進病床邊，開始笑著對瑠香說話。

「好久不見啊瑠香，我是立石，還記得我嗎？我去年也負責治療過妳一次。這次又輪到我當主治醫生了，請多多指教喔。這位是正跟著我學習的PGY諏訪野醫生，今天會請他先跟妳聊聊，也要再麻煩妳嘍。」

「我是諏訪野，請多多指教。」

諏訪野低下頭。瑠香只瞬間瞥了他一眼，但馬上又望向天花板。那張雪白的臉上彷彿刪去了各種情感，就像個精巧的人偶。

「諏訪野醫生，接下來就拜託你了。那我去門診了。」

揚起單手，立石輕快地走向出口。諏訪野開口剛發出「啊！」的聲音時，包裹在白袍下的纖瘦背影已經消失在病房外。

諏訪野小心翼翼看著瑠香。

「那個……妳好，我是諏訪野，現在還是PGY，我會跟立石醫生一起照顧妳，還請多多指教。如果有任何問題都請不用客氣。」

「……是嗎。」

第一次聽見瑠香的聲音是那麼微弱又沙啞，一不小心就可能會錯過。

「那……方便先問您幾個問題嗎？這次您好像服用了大量安眠藥。所以……為什麼會大量服藥呢？遇到什麼煩心事了嗎？」

瑠香繼續沉默地盯著天花板。空間裡充滿著如鉛的凝重沉默。

經過幾十秒的沉默後，那沒有血色的嘴唇終於動了。

「……就忽然想吃。」

「忽然想吃，是嗎……好的……我知道了。」

凝重的沉默再次來襲。

為什麼把這麼難搞的患者丟給PGY！諏訪野在心中對立石發著牢騷，同時也拚命思考接下來該問什麼問題。他忽然想起幾小時前看到的瑠香左手臂。

「請問，那個『彰』字是……？」

這個名字剛說出口的瞬間，瑠香立刻猛一轉頭怒瞪過來。被那滲著明顯敵意，不、甚至是殺意的視線貫穿的諏訪野，嚇得全身僵硬。

「是我先生，不行嗎？對，都是因為他。我只是想見他……我只是想見到溫柔的那個人而已！所以才被送到醫院來！這樣有什麼不對嗎？你根本什麼都不懂！」

瑠香從喉嚨深處擠出這一串支離破碎毫不成句的怒吼。諏訪野也只能呆呆站在原地，接收這意料之外撲面而來的敵意。

瑠香臉上再次沒了表情，就像是退潮了一樣。她再次成為面無表情的人偶，將無機的視線投向天花板。諏訪野把手放在胸前，奮力想抑制住加速到幾乎讓他感到疼痛的心跳。

「……去告訴那個女醫生，一到後天我就會走，在那之前讓我住院。如果她提前要我出院，我還會再吃藥、再叫救護車。」

「後天？後天有什麼事嗎？」

他嘶聲問道，而瑠香只是緊抿著唇，全身都散發出強烈的抗拒。

「……不好意思，那我先失陪了。」

實在受不了這種尷尬，他幾乎是逃出了那間房間。來到走廊上，諏訪野大口吐著氣，用力咬著嘴唇仰望天花板。

眼睛好痛。他隔著眼皮按摩眼球。睡眠不足的狀態下，還一直盯著電子病歷的螢幕，現在眼睛後方漸漸出現一陣陣沉鈍鈍的痛感。

離開瑠香病房後，諏訪野心想也不好中途去打擾立石的門診，於是待在醫局連看了山野瑠香的病歷將近三小時。如果沒有特別的事做，當然也可以去值班室小睡一下，但他現在沒有這個心情。

精神科病歷上記載了很多患者的詳細背景。

他從以前的病歷開始看起，上面記載著「抑鬱狀態」、「邊緣性人格障礙」、「自傷行為」、「大量服藥」等診斷結果，一路看下來大致可以掌握瑠香到目前為止的人生概貌。看完之後，因為剛剛在病房的交手而低落的精神，就像掉入蟻獅的巢一樣，又陷落得更深了。

山野瑠香自幼雙親離婚，她跟母親一起生活。國中時母親再婚，但是她跟繼父處不來，多次離家。上高中後不久就加入某個不良集團，因為順手牽羊被管訓、退學。也因此她決定徹底跟母親斷絕關係，開始輾轉寄宿在不同男人家中。

二十二歲那一年，瑠香的人生迎來巨大轉機。當時靠著當酒店公關為生的瑠香，開始跟店裡一個上班族客人交往，兩人不久後就結婚了。丈夫的名字叫岡部彰，就是她刻在左手臂上的名字。

但是這樣的幸福沒能長久持續。結婚後幾個月，兩人開始激烈爭吵，每次爭吵完激動的瑠香就會因為自傷行為而就診。那些香菸導致的燒燙傷，似乎就是當時造成的。

根據病歷記載，吵架的原因諸如「丈夫因為工作晚歸」、「丈夫在房間裡抽菸」、「丈夫沒有接手機」等，都是些瑣碎小事。最後導致丈夫受不了瑠香的過度依賴，結婚生活短短兩年就告終。離婚之後瑠香開始大量服藥，吃下幾十顆安眠藥後自己叫救護車，被送到這間醫院。

「想見到溫柔的那個人。」

剛剛瑠香那句話又在腦中響起。說不定她是為了引起丈夫的同情，想重修舊好，才會做出那些行動？可是誰都知道這種行動只會引起反效果。莫非她已經喪失平常心、無法做出正確的判斷了？

「喔？你這次負責瑠香啊？」

背後忽然冒出大聲的招呼。回頭一看，是精神科講師龜山正隔著肩頭看著他的螢幕。

「啊，龜山醫生好。您也知道山野小姐嗎？」

「在我們科裡沒有人不知道瑠香的啊，畢竟她每兩個月就會來住院一次。」

每兩個月來住院一次，急診室的護理師說，短的時候隔三週就會送醫。隔三週或兩個月送醫。為什麼會有這種規律性呢？看著瑠香的病歷，總覺得頭蓋骨下有種發癢的感覺，好像忽略了什麼。龜山無視正按著自己太陽穴苦思的諏訪野，自顧自地往下說。

「真是受不了。我們都已經這麼忙了，還得照顧這種吃了藥來這裡一頓好睡的人。」

「……是啊。」

但你看起來挺閒的啊。諏訪野暗自在心裡反駁他。

「而且你知道她吃的那些藥是哪來的嗎？都是我們的稅金呢。」

「什麼意思？」

「喔，她有領低收入補助啊，所以醫療費都是免費的。一定是隨便找了間醫院說自己『失眠』，要了安眠藥，然後一口氣吃下被送來我們這裡住院。稅金都浪費在這場她自導自演的好戲上。」

龜山不以為然地這麼說，那樣子不知為什麼，看了讓人有點不舒服。

「我記得她小時候父母親就離婚了吧？所以才會變成這樣的。一定是父母親給的愛不夠，所以才……」

但我家的環境也差不多啊……

諏訪野把龜山的話當耳邊風，想起了自己小時候。懂事之前父親就病死了，母親在諏訪野小學生時跟銀行員再婚。繼父不是個壞人，至少他很疼愛自己，還替自己負擔了純正醫大不算便宜的學費。可是待在家裡經常覺得很窒息。萬一被繼父討厭，說不定母親都會拋下自己。心中某個角落經常暗藏著這種恐懼。

想到這裡，他才了解為什麼自己會有這麼強烈的反感。看著她的病歷，諏訪野忍不住將山野瑠香的境遇疊合在自己身上。

「我看哪，你也不要太投入，穩定下來就快點讓她出院。關於瑠香，我們什麼也幫不上忙。」

龜山留下這句話，就回到自己座位。

不要太投入……是嗎？看著龜山遠去的背影，他用對方聽不到的微小聲音說道。

「已經太遲了……」

視線再次回到螢幕上時，白袍口袋傳出「鬱金香樂團」廉價的電子樂聲。諏訪野從口袋裡掏出一個手掌大的電子機器。呼叫器，已經在世界上瀕臨絕種的這種電子機器，宛如活化石腔棘魚般，依然頑強地存活在醫院這個空間裡。

按下按鍵停止樂聲，看了看液晶畫面上顯示的四位數號碼，是精神科病房的分機號碼。

昨天寫的定期處方箋有什麼疏漏嗎？諏訪野拿起桌上分機的話筒，按下號碼，電話立刻接通。

「您好，我是諏訪野，不管建立點滴管路或者寫處方箋等任何雜事都任憑差遣！請問找我有什麼事嗎？」

諏訪野刻意振作起精神這麼說，想給自己低落的心情打打氣。

「啊，諏訪野醫生，我找你我找你！諏訪野醫生，山野瑠香小姐是您負責的吧？」

病房護理師的語氣之高昂也絲毫不遜於他。

「是啊，沒錯。」

「剛剛山野小姐的先生，啊，應該說是她前夫吧。他說想聽醫生怎麼說。其實主治醫生是立石醫生，但她現在有門診，所以就拜託你說明啦。謝啦，醫生～麻煩嘍。」

「您好。我是瑠香的前夫，岡部彰。」

病房的護理站前，自稱岡部的這個男人客氣地低著頭。

這男人看起來個性纖細、也有點不牢靠。年齡大概二十好幾了吧。身上穿的西裝有不少皺紋，看上去就是個疲於工作的上班族。

「瑠香小姐的主治醫生是立石，但她現在有門診，我是跟著立石醫生的PGY諏訪野良太。如果您希望主治醫生親自說明的話，大概再三十分鐘左右……」

「不、不用這麼麻煩。我只是聽說瑠香被送到醫院來，很擔心，想了解一下狀況。請問瑠香現在意識清醒嗎？」

「您不跟瑠香小姐見面嗎？」

「……不了。離婚之後我就盡量不見她。一見到我她情緒就會波動，精神狀態更不穩定。」

岡部搖搖頭。因為瑠香的過度拘束，讓丈夫逃走。見到岡部，她確實可能會激動。但應該也不至於帶來什麼不好的影響吧？

「而且……老實說吧，我並不想見到瑠香。」

看到岡部垂下眼，諏訪野把已經到喉頭的那句「如果可以希望你能見她一面」給吞了回去。

「雖然擔心瑠香，但我沒辦法替她做什麼。我無法理解瑠香的行動。她對我來說太沉重了。」

岡部低語的聲音小到幾乎聽不見，他輕吐了一口氣，探身向前：「所以瑠香現在狀況怎麼樣？」

有一瞬間，諏訪野不知該怎麼回答。既然已經離婚，眼前這個男人就不是瑠香的家屬。他不知道到底該透露多少患者的個人資訊。

「總之，我想應該不用擔心。」

他含糊地這麼回答，內心又加了一句「單講身體方面的話……」。不過對岡部來說這個答案似乎已經足夠。他不安的臉上瞬間顯得放心了下來。

「是嗎，那我就安心了。」

「請問您，瑠香小姐最近固定會在月初大量服用安眠藥後住院。為什麼她會這麼做，您有什麼線索嗎？」

「……不，我不知道。」

岡部一臉歉疚地縮著頭。本來期待前夫可能會知道些什麼，失望之下諏訪野也頹下肩膀。

「醫生，瑠香就拜託您了。」

他還沒來得及阻止岡部低頭致意，對方就轉身離開了。

目送岡部離開的諏訪野，望向病房後方。距離瑠香住院的病房只有二十公尺左右。前夫因為擔心自己來到這麼近的地方，她如果知道了，會有什麼反應呢？說不定那行屍走肉般沒有生氣的身體，能因此找回一些活力？

去病房看看吧？諏訪野正想走向病房。但是這個瞬間，幾小時前瑠香曾經對他投射的冰冷視線，還有震人肺腑的怒聲又在腦中甦醒。他雙腿無法動彈。

諏訪野緊握著拳頭呆站在當場好幾秒，然後轉過身去。

身後背負著一股嚴厲的自我厭惡。

4

「啊，諏訪野醫生，辛苦啦。」

回到精神科醫局，指導醫師立石從自己桌邊打著招呼。牆上時鐘顯示不知不覺中已經下午一點多。應該是早上的門診結束，回醫局來休息了吧。

「您辛苦了。」

「咦？怎麼這麼沒精神？值班隔天上班太吃力了嗎？還是……」

立石瞇起眼睛。

「被瑠香修理了？」

立石一說就中，諏訪野輕輕垂下眼。指導醫生交代要問診，但自己卻幾乎沒能好好跟患者對話。這樣怎麼配當PGY？

「諏訪野醫生，吃過午餐了嗎？」

立石站起來。

「啊？還沒啊。」

「我才剛下門診還沒吃，肚子餓死了。要不要一起去『地下蕎麥』？別擔心啦，我請客。」

「喔……」

其實他一點食慾都沒有，可是也不好拒絕指導醫師的邀請。諏訪野吐了一口氣，聽不出是在回話還是在嘆息。

「這樣夠嗎？你一個男孩子耶。」

大口大口扒著加大豬排蓋飯的立石這麼問，諏訪野停下正夾起蕎麥乾麵的筷子。兩人正在純正醫大附設醫院新館地下的蕎麥麵店、大家慣稱為「地下蕎麥」的店家吃午餐。已經下午一點多了，大約三十桌的店裡還是幾乎坐滿了身穿白袍的客人。

其實也不是「男孩子」的年齡了。諏訪野虛弱地苦笑。

「今天沒什麼食慾……才剛值完班。醫生您食量不小呢。」

「精神科的門診很累人啊，得好好補充點能量才行。不過我剛剛也想問你，你精神不好不是單純因為睡眠不足吧？」

立石將豬排放進嘴裡，眼鏡後方的眼睛筆直地看著諏訪野。那視線就好像可以看透人心，他微微往後一避。

「你沒辦法跟瑠香好好說話對吧？」

咀嚼一番後將豬排嚥下，立石露出溫柔的微笑。

「不用這麼沮喪的。瑠香跟我們也幾乎不說話。慢慢來，應該多少可以跟她溝通的。應該啦。」

「但是我馬上就從病房裡逃出來了。」

「為什麼逃走呢？」

立石丟出了這個直球的問題。

「因為……因為那個患者想一個人待著……」

「她這麼說了？」

「沒有，但是當時的氣氛就是這樣……」

立石的口吻並沒有譴責的意思，可是諏訪野的視線卻不自由主地往下看。立石把剩下的蓋飯都扒乾淨，喝了口茶嚥下去。

「你在我們科裡風評很好喔。」

「……什麼？」

「我說你啊，科裡的醫生和護理師對你的評價都很不錯。說你做事勤快、細心，又很容易跟人打成一片。」

「喔……謝謝。」

總之他先道了謝，立石輕輕彎起單邊嘴角，挖苦般地笑了起來。

「但是呢，我的看法跟大家不太一樣。」

立石故弄玄虛地頓了一拍之後才繼續往下說。

「我覺得你太會察言觀色了。」

「察言觀色？」

「這一個月以來身為你的指導醫師我很清楚，你相當擅長看對方臉色，雖然我不確定你自己有沒有意識到這一點。你對別人的情緒很敏感，所以會根據當場的氣氛，採取不讓對方不愉快、能取悅對方的行動。可是這種作法一個不對，就會變成單純『失去自我的應聲蟲』。」

立石挑著眉，觀察他的反應。

「我猜你無法繼續待在瑠香的病房也是因為這樣。你比一般人更能強烈從瑠香的表情或態度，察覺到她希望你離開、覺得你在很煩。而對你來說，做讓人討厭的行為是一種很大的壓力。所以你才從病房逃出來。」

立石拿起茶杯，津津有味地喝著茶。

「這……算是在心理諮商嗎？」

「嗯？不是不是，沒那麼誇張啦。只是聊聊天。如果要接受我的心理諮商，可得照價付錢。」

「到時候請給我一些折扣。」

諏訪野臉上浮現起虛弱的笑，一邊反芻著立石剛剛那番話。或許真是如此。一直以來，大家都說他是個「好孩子」。印象中幾乎沒跟朋友吵過架。總是一邊觀察別人的反應，避免與人發生衝突。

為什麼會變成這種個性呢？答案很簡單。

都是因為生長的環境。在繼父家這個外人的地盤下生活，漸漸地就會養成一種卑怯屈從的生活方式，好避免自己被這個環境排除掉。

「不要這麼消沉啦。我不是要跟你說教，其實應該說剛好相反。身為精神科醫生，我都要羨慕起諏訪野醫生這種能力了。」

「羨慕？」

「精神科醫生在聽患者說話時，要能察覺到他們情感的變化才行啊。所以如果像你這樣具備能敏感偵測到他人情感的能力，對診療很有幫助的。」

「您是在拉票嗎？」

自從二〇〇四年不分科住院醫師臨床訓練列為必修以來，PGY紛紛從大學醫院轉往地區醫院，大學醫局長期苦於人才不足。因此每一科無不卯足全力吸引PGY，希望他們結束兩年臨床不分科住院醫師訓練結束之後可以進入自己的醫局。

「不，你不應該來我們精神科。」

立石在自己的臉前方擺擺手。這意料之外的反應讓諏訪野忍不住眨了眨眼。

「你如果來我們這裡確實會成為一名優秀的精神科醫生，也可以細緻地了解患者的心情，妥善處理。但是作為精神科醫生，你有個致命的缺點。」

「缺點……是嗎？」

「這當然是指『作為一個精神科醫生』的缺點，並不是指你人格上的缺點。以人格上來說，這應該算是優點吧。你有對患者，或者應該說對其他人太過共感的傾向。能夠站在其他人的立場思考，是在社會上生存相當重要的能力，但是你這種能力太高了。身為精神科醫生，必須站在稍遠一點的距離來客觀觀察患者才行。否則你會被患者的煩惱反噬。每天要看幾十個病患，要是全盤接收每個人的苦惱，是會崩潰的。所以我們不能對患者太過投入。」

立石豎起食指，指向諏訪野。

「假如你成為精神科醫生，不出五年，你就會成為需要治療的人。所以你不適合當精神科醫生。」

立石聳聳雙肩，就像在說「證明結束」一樣，諏訪野站在她面前緊咬著唇。完全無法反駁。那些他沒能自覺到、不，應該說過去一直視而不見的自我本質接二連三被揭開，他感到一種想要立刻逃離現場的失敗感。立石這番比說教或責罵都更加尖銳的分析，深深刺入諏訪野胸口。

「啊，你不要這麼沮喪啦，好像我在欺負你一樣。我剛也說過了，這不是要跟你說教，也不是說你這個人哪裡不好。只是不適合而已。」

立石探出身子，拍拍諏訪野的肩膀。諏訪野慢慢抬起頭來。

「那為什麼還要讓我這個不適合精神科的人負責那個患者？」

他忍不住記恨起來。

「你在胡說什麼？因為是你，才讓你負責的啊。」

「因為是我？」

「對啊。說來慚愧，其實我們真的拿瑠香沒辦法。每逢月初月底，她都會因為大量服藥被送過來，可是她從來不說自己為什麼這麼做。雖然過去也有過多次大量服藥的患者，但是很少人像她這樣有規律性。通常就算我們不問，這種患者也會主動說出很多原因。」

立石大大嘆了一口氣。

「我覺得她一定很想求助。雖然說不出口，但其實她有話想告訴我們。要是能主動察覺就好了，但是我們現在也沒餘力去思考她到底在想什麼。說穿了，就是已經放棄她了。」

「一個已經被醫生們放棄的患者，我這個PGY還能做什麼？」

「所以我說『因為是你』，說不定能打破現在的僵局啊。因為你對別人的情緒很敏感，又能站在對方立場思考，說不定你可以跟我們從不同的角度來觀察。我可是相當期待你的表現喔。」

「妳這樣說我也……」

「好啦好啦，不要這麼緊張。死馬當活馬醫，就試試嘛。要是有什麼事責任我來扛。」

立石拿起桌子的帳單，對他眨了眨眼。

「叫我不緊張，怎麼可能啊。」

午餐後，立石丟下一句：「你剛值完班，今天先回去好好休息吧。」就去查房了，但諏訪野實在無心回宿舍，再次進醫局去啃電子病歷。

他瀏覽著瑠香最近的住院病歷。九月四日起兩天、七月三十一日起六天、七月三日起三天，瑠香在精神科住院時，幾乎沒有接受任何治療就出院了。

他粗暴地亂抓了一陣頭髮。反覆讀著病歷，他總覺得有哪裡奇怪。但睡眠不足讓他腦子一片混沌，甚至搞不清楚對哪些地方覺得怪。眼皮好重，身體差不多到極限了。

為什麼幾乎沒睡的自己，要為了一個服用安眠藥沉睡到清晨的患者受這種苦呢？他漸漸不耐煩了起來。

沒睡？忽然覺得腦中有一道靈光閃過。為了不讓這道微弱的光線消失，諏訪野拚命鞭笞著自己大腦。

該不會……諏訪野抓起桌邊的分機，開始按下法醫學教室的分機號碼。同學裡有個怪胎，沒經過臨床不分科住院醫師訓練就直接進了法醫學教室。去拜託他的話，說不定能幫忙查明自己的想像是否正確。

「喂，澤井嗎？我是諏訪野。有件事想麻煩你，能不能緊急幫我處理一下？」

5

「……打擾了。」

走進病房的諏訪野輕聲打了招呼。躺在病床上的瑠香沒回話。她從微微拉開的窗簾縫隙瞥著外面。時間是下午六點多，但是晚秋時節急性子的太陽已經西沉，窗外籠罩在黑暗夜幕中。

「抱歉，這麼晚過來。方便說兩句嗎？」

桌上放著瑠香幾乎沒碰的醫院伙食，諏訪野移開那張桌子，站在病床邊。瑠香投來的視線帶著露骨的嫌惡，讓他瞬間緊張了起來。但諏訪野依然咬緊牙關，正面迎戰對方的視線。過了幾秒，先別開眼的反而是瑠香。

「……有話就快說。」

瑠香說話沒有高低起伏，彷彿是某種人工語音發出的聲響。舔舔乾燥的嘴唇，諏訪野慢慢開口。

「我看了山野小姐的病歷，有一點想請教妳。」

諏訪野小心選擇自己說出的一字一句，謹慎地開口。

「根據過去的紀錄，山野小姐送醫都固定在月底或者月初。妳從來沒有在月中因為過量服藥而送醫。」

「……因、因為那時候剛好是生理期，生理期一接近心情就會不好。」

「喔，原來是這樣啊。確實，女性在生理期前容易情緒不穩呢。我之前的女朋友特別嚴重，老是會遷怒到我身上，有一次還……」

瑠香射過來的眼神如刀劍般銳利。諏訪野急忙清了清喉嚨。

「不好意思啊。剛好遇上生理期，確實可以說明為什麼送醫時期有規律。但在妳過去住院的紀錄中，我還發現了另一個重要的規律。」

諏訪野頓了一拍之後說：

「妳每次住院，出院日都是一樣的，每個月五號。每次住院，都會想辦法調整在五號出院。如果在這之前讓妳出院，妳就會威脅主治醫生說還會繼續大量服藥。」

瑠香臉上出現一絲微微慌亂的神色。

「於是我開始想，為什麼是五號。我想到了一個可能。這一區的低收入戶生活補助費給付日，就是每個月的五號。山野小姐，妳每次都會住院到戶頭有錢進帳，對嗎？」

一口氣說到這裡，諏訪野開始觀察瑠香的反應。瑠香撇著嘴唇就像在嘲笑他。

「對啊，生活費一用完我就會吃下大量安眠藥來住院。這麼一來可以睡在柔軟的病床上，一天還供三餐，不是很棒嗎？雖然得跟像你這種人說話很麻煩，但是只要忍受這一點，就能撐到下次領錢的日子。」

瑠香連珠炮似地說完這一大串，但站在她面前的諏訪野，已經不像幾個小時前那樣慌張了。他緩緩指向放在房間角落，那些瑠香幾乎沒碰的醫院伙食。

「那為什麼妳不吃飯呢？聽說午餐也幾乎沒碰對嗎？假如因為沒東西吃而來住院，那不吃飯就太奇怪了。」

諏訪野盯著她的眼睛，瑠香緊抿著唇。從她的態度可以清楚知道，她並不打算再多說。

諏訪野細細吐出一口悠長的氣息。

「山野小姐，剛剛岡部彰先生來問過妳的狀況。」

他慢慢開口，一邊集中意識觀察瑠香的臉部表情。為了把立石所謂「太會察言觀色」的能力發揮到最大限度，也為了確認自己的想像是否正確。

瑠香的臉有一瞬間露出前所未有的強烈情感波動。那情感既不是「開心」也不是「驚訝」，很明顯地是「恐懼」。

果然沒錯。諏訪野緊握著拳頭。

「山野小姐，妳的先生、不，妳的前夫是不是對妳有暴力行為？」

瑠香的表情頓時扭曲。

瑠香顫抖地張開她的嘴唇，但卻沒有說話。諏訪野乘勝追擊繼續往下說。

「我一開始覺得奇怪，是因為妳明明在深夜服用了大量安眠藥，但是早上卻依然正常地睜開眼睛。其他醫生說，可能是妳的體質關係，安眠藥比較早退，所以沒有太在意，但我還是有點在意，所以請認識的法醫學者幫忙檢查了妳的血液。結果完全沒有檢驗出安眠藥。」

瑠香表情依然僵硬，還是什麼都不說。

「妳沒有吃安眠藥，卻還是叫了救護車說自己大量服藥要求住院。我本來猜想是不是因為生活困苦，但是就像我剛剛說的，這邏輯說不通。那麼究竟是為什麼呢？另外一點我覺得奇怪的，是妳左手上的燒燙傷痕跡。」

瑠香縮起身體想遮住自己的左手。

「妳左手上的燒燙傷『彰』也很奇怪。妳割腕的痕跡都在右手腕，手錶也戴在右手。山野小姐，妳是左撇子吧。」

「……左撇子又怎麼樣？你敢斷定我不是用非慣用手慢慢燙出那些筆畫嗎？」

瑠香語氣很衝，那強烈的敵意讓他瞬間萌生怯意，但諏訪野還是忍住，丹田使力繼續往下說。

「不，我不能斷定。但是妳應該沒抽菸。病歷上寫著，以前妳曾經因為埋怨先生在房間抽菸而吵架。所以至少最近妳手上的這些燙傷痕跡，很可能是被別人拿香菸燙出來的。」

「那為什麼、為什麼會是阿彰……為什麼你敢說一定是他呢？也有可能是其他男人啊。比方說……來討債的，或者我的新情人啊。」

「討債的人會用言語威脅，但應該不會使用暴力。因為要是動手可能會引來警察，還會留下證據。確實，也有可能是妳的新情人。不過比起這個可能，我更有理由懷疑妳的前夫對妳家暴。岡部彰先生曾經來過這裡。」

瑠香皺起眉心。

「他已經不是家人，醫院並不會主動聯絡他，但是妳一住院岡部先生馬上就到醫院來了。為什麼呢？理由很簡單。他今天也因為上門找妳要錢，看到空無一人的房間桌上丟著安眠藥的空藥瓶，猜想妳應該又被送來這間醫院。之所以詢問妳的狀態，是想知道妳這棵搖錢樹是不是平安無事。而他沒有見妳就走，是因為擔心一見面就會被告發是家暴加害者。」

諏訪野盯著瑠香。

「為求保險，我從妳跟岡部先生剛結婚時的病歷，查到了他的公司。這間公司三年多前就倒閉了。岡部先生是不是從那時候開始就沒有固定工作，所以開始跟妳要錢，沒拿到錢就對妳動手？為了躲開這樣的前夫，妳謊稱自己大量服藥躲進醫院，一直住到五號有錢進來為止。」

一口氣說完這些後，諏訪野大大吐了一口氣。該說的全都說了。再來就看瑠香怎麼反應了。

「……什麼嘛。」

那聲音很小，如果不注意幾乎不會發現。下一個瞬間，瑠香就像裝了彈簧的人偶一樣，上半身倏地彈起，雙手伸向諏訪野。

「你到底想幹什麼！對，全都被你說中了！他失業之後開始對我動粗。他避開明顯的臉部不打，打我的肚子、勒我的脖子，這些燙傷也是他弄的，但如果我告訴別人，他可能還會對我做更可怕的事，所以我說是我自己弄的。這些跟你有什麼關係？揭穿別人拚命想隱瞞的事，這樣你高興了嗎？」

瑠香雙手揪住諏訪野的白袍衣領，口吐白沫激動大叫。在那對憤怒到炙熱發亮的雙眼瞪視下，諏訪野忍不住想縮回身體。他全身冒冷汗，腳開始微微顫抖。其實很想推開對方的手，跑出這個房間，但他不能這麼做。因為讓瑠香變得這麼激動的就是自己。

諏訪野溫柔地抓住瑠香雙手。光是這樣瑠香的表情就因為恐懼而扭曲、全身僵硬。這種反應如實地證明了她受過嚴重的虐待。

「妳雖然一直隱瞞，其實還是希望有人發現的吧？」

「你……你在胡說什麼……？」

瑠香緊抓白袍的手無力地鬆開。

「如果只需要躲到五號，應該沒必要住院。妳可以去找能暫時收留的朋友，只要身上還有一點錢，也可以住進網咖之類的地方。但是妳卻選擇醫院作為逃跑的去處。

這表示妳是想要有人幫助妳的吧？妳是不是希望，有人能發現自己的痛苦？」

瑠香的臉浮現了看不出是在笑還是在哭的表情。她半開的雙唇之間，發出顫抖的聲音。

「只要……只要給他錢，他就會變回溫柔的那個人。還會給我買點小禮物……一到月底錢不夠了，他才會變得暴躁……所以都是我不好……」

「山野小姐，其實妳也很清楚，不能繼續這樣下去。妳必須告訴警方前夫對妳的家暴行為，要求警方保護才行。這樣才是為妳好，同時也是為妳先生好。我會盡量幫妳的。」

房間再次充滿沉默。諏訪野等待著瑠香回答，心情就像等待宣判的被告。

有好幾分鐘，兩人誰也沒說話，只有沉重的時間流過。瑠香慢慢走下病床，突然開始脫下病人服。諏訪野倒吸了一口氣。

「妳、妳要做什麼……？」

瑠香絲毫不介意地脫到剩下內衣，諏訪野急忙轉身背向她，耳裡只聽到布料摩擦的聲音。

「……可以了。」

他有點膽怯地回頭，眼前的瑠香已經換穿上昨天晚上被送來時的衣服。

「妳、妳這是……」

「出院。」

瑠香慵懶地把頭髮往上一撩。

「啊？出院？不行啊，這怎麼行呢……」

「我其實沒有吃藥，所以也沒必要住院吧。」

「可是必須要有主治醫生的許可才——」

「這裡又不是監獄，我應該隨時都能出院。真抱歉，驚動大家了。」

瑠香快步走向出口。諏訪野只能呆站在原地，目送她的背影消失在門後方。

偌大的關門聲震盪著他的鼓膜。

6

急促的電子音撼動著大腦。諏訪野發出呻吟，瞪著床頭櫃上正歇斯底里發出聲音的分機。桌上的時鐘顯示時間剛過上午零點。

幾個小時前，山野瑠香在他眼前出了院，諏訪野就像個殭屍般搖搖晃晃走回自己PGY宿舍房間裡，撲倒在床上。

擅自離開醫院的瑠香，馬上依照「自行出院」的程序被處理掉。沒有人責怪諏訪野。但這又讓他更加討厭自己。

是誰啊，這種時間打來。他一邊咂舌一邊像隻水蛭般在床上蠕動前行，拿起話筒。

「喂……我是諏訪野。」

「喔，聽你這聲音，該不會在睡覺吧？」

話筒那頭傳來一個年輕男人的聲音，這聲音他很熟悉。

「裕也啊？什麼事？我剛值完班啦。」

是同期的冴木裕也，兩人從學生時期就是一起在柔道社裡揮汗的夥伴。

「啊，那真不好意思啊。很少看你這麼不高興耶，怎麼了嗎？」

「好不容易可以睡個好覺又被叫起來，當然高興不起來啊。所以你打來有什麼事嗎？如果不急能不能明天再說？」

「沒有啦，我現在在急診值班，剛剛有個你之前負責的患者被送進來，所以想通知你一聲。」

盤據腦中的睏意瞬間煙消雲散。

「患者叫什麼名字？」

「我看一下，應該是山野瑠香……」

諏訪野丟下話筒，從床上跳下。披上掛在椅背上的白袍，衝出房間。

PGY宿舍位於醫院建地內一角。距離設在新館的急診室跑步不用三分鐘就能到。

諏訪野衝下宿舍階梯，奮力踢著地面。剛睡醒的身體遲遲跟不上情緒，有好幾次都差點絆倒，但他還是不顧一切地往前跑。

終於來到急診室前的諏訪野，用力拉開拉門。

「山野小姐呢？」

房間裡所有人都望向他。身穿急診制服的冴木裕也從一片啞然的醫護人員裡走過來。

「怎麼了？諏訪野，為什麼這麼慌張？」

「山野小姐……，我的患者、被送來了……。為什麼……？她……她現在人呢？」

裕也訝異地看著氣喘吁吁、拚命想擠出話來的諏訪野，指了指後面的急救處置室：「在那邊。」諏訪野將視線轉移過去，不由得從喉嚨深處發出呻吟。

處置室裡的病床邊，圍著三個警官。

諏訪野踩著不安的腳步走向處置室。裕也叫住他：「喂，現在不適合啦。」但他並沒有停下腳步。

其中一個警官發現走近的諏訪野，轉過頭來。那個瞬間，他看到被警官擋住的病床，忍不住叫出聲音來。

撐起上半身，正在跟警方說話的是瑠香，但光看一眼，諏訪野還沒辦法確認那就是幾個小時前在病房跟他說過話的女人。她看起來已經跟剛剛判若兩人。

頭髮亂得像燙髮失敗般蓬亂，左眼皮腫到遮住眼睛。出血的鼻子塞著棉花，嘴唇也有裂傷。

「抱歉，我們還在問話，可以稍等一下嗎？」
警官雖然客氣，但堅定的態度不容拒絕。
「啊、請問……到底怎麼了……？」
諏訪野的視線緊盯著瑠香那張慘不忍睹的臉，說話聲音都發著抖。
「我們現在正在了解狀況。所以能不能請您先迴避一……」
「啊，這不是醫生嗎？」
警察的話被背後傳出的聲音打斷。病床上的瑠香輕輕舉起右手。
「這是我的負責醫生，請讓我們說兩句吧。說完之後我會馬上回答你們問題的。」
幾位警察同時露出不悅的表情看著諏訪野。在警察們冰冷視線注目下，諏訪野彎著他高高的身體靠近病床。
「山野小姐，發生什麼事了？為什麼警察會在？」
「你在說什麼，還不都是你害的。」
瑠香沒有腫起的那隻眼睛顯得更加銳利。
「都是因為你，……我終於下定決心斬斷跟那個男人的關係。」
「啊？」

聽到諏訪野愕然的聲音，瑠香受傷較少的右臉露出溫柔的笑容。

「離開醫院後，我馬上打電話給那個人，說我要分手。結果他大發脾氣，馬上衝到我家來，開始打我。但是我在他來之前就報警了，警察剛好在我被打的時候來了。」

「那、那妳前夫呢……？」

「當場就被逮捕了。我打算正式向警方報案。不只這次，連過去的都一起報案。這樣一來，就可以跟那個人……完完全全斷絕關係。」

瑠香有那麼一瞬間哀傷低著頭，但馬上又搖搖頭，再次露出笑臉。

「所以呢，雖然我擅自跑出醫院，這次又要麻煩您了。要是不把我臉上的傷治好，以後就不能上街了，拜託你嘍。」

瑠香半開玩笑地這麼說。這時諏訪野臉上才終於出現了笑意。

「我才要請妳多多指教！」

7

「啊對了，昨天瑠香來看門診了。」

立石拿起倒得滿滿的啤酒杯，忽然想起似地低聲說。十一月三十日，今天是諏訪野在精神科受訓的最後一天。工作結束後諏訪野邀立石到醫院附近的居酒屋，辦個慰勞會。

正將冰透的金黃色液體灌進喉嚨深處的諏訪野，急忙喝光杯裡的飲料，探出上半身。

「她怎麼樣？狀況還好嗎？」

因為臉上的傷住院的瑠香，大約治療兩個星期後出院，之後還會持續來精神科門診做心理治療。

「先喝完再說。她啊，看起來很有精神。臉上的傷也復元到幾乎看不出來了。不過有時候會突然覺得不安，有過度呼吸的症狀。」

立石小口小口喝著啤酒。

「她……之後沒問題吧？不好意思。再給我一杯啤酒，大杯。」

諏訪野臉上浮現嚴肅的表情，不過店員走過身邊時，他很有活力地大聲加點了啤酒。立石皺起眉頭。

「嗯……其實好是好，但我想她之後應該會挺辛苦的。要割捨掉依賴了好幾年的對象並不容易。但是在這種時候給患者支持，就是精神科醫生發揮本領的地方了。接下來就交給我吧。」

立石微挺起胸這麼說，這時店員也剛好把裝滿了啤酒的杯子放在桌上，諏訪野拿起杯子，津津有味喝了起來。立石噘起她淡淡塗了口紅的嘴唇。

「欸，你確實在我們這邊辛苦工作了兩個月，要喝多少都無所謂，但要是喝掛了我可不想把你拖回宿舍啊。」

「啊，請不用擔心。我已經拜託我的死黨冴木三個小時後來這裡接我。他會把我弄回宿舍的。所以不用擔心這個，今天就喝個痛快吧。」

「所以你是以喝掛為前提來的……什麼喝個痛快，今天是我請客耶。」

立石苦笑著這麼說，然後雙手合掌：「啊，對了。」

「總之我還是得問你一句。諏訪野醫生你受訓結束之後，想不想來我們精神科？」

「啊，可是妳說我不適合精神科……」

「我是這麼認為啦，但我們教授一直囉嗦，很希望你來。教授說，能讓瑠香敞開心房的人才，怎麼能輕易放過呢？那你怎麼想？」

「怎麼想……就像您之前說的，我如果成為精神科醫生可能會崩潰。我得尊重指導醫師的意見啊。雖然很感謝您的邀請，還是請容我拒絕。我還沒決定要去哪一科。但我想應該不會是精神科。」

「也對。你應該在更適合你的科好好努力。雖然在其他科也有可能因為太跟患者共情導致心理出問題。到時候就來看我門診吧，我幫你諮商。」

立石彎起嘴角高舉酒杯，諏訪野拿起自己的酒杯用力碰了碰她的。

「到時候請務必給我折扣！」

惡性的界線

1

「好的，那麼手術就訂在四天後，之前會進行一些術前檢查。」

諏訪野良太端端正正坐在椅子上，聽著一旁身穿白袍表情嚴厲的男人冴木真也進行說明。隔著桌子跟諏訪野還有冴木面對面的，是個已經禿頭的高齡男子和纖瘦的中年女人，為了動手術從今天開始住院的近藤玄三，還有他的女兒幸子。

諏訪野轉動著眼珠子，環視著這間裡面只有桌子、摺疊椅，還有電子病歷系統的殺風景房間。這是設置在病房樓層一隅的病情說明室，如同其名，是用來對患者或家屬說明病情專用的房間。十幾分鐘前開始，諏訪野和他的指導醫師冴木一起對患者說明著病情。

「請問，手術是用胃鏡進行的對嗎？」

幸子面露不安地問。

「是的，沒有錯。我們會在胃鏡、內視鏡前端裝上特殊器具，薄薄燒掉一層病變部位的黏膜。」

冴木不疾不徐地說明。

「病變部位……就是長癌的地方對嗎？」

說出「癌」這個字之前，幸子看了一眼坐在身邊的父親，皺起了臉。

兩個月前，近藤玄三因為持續胃痛不止，到自家附近醫院就診。當時醫院開了胃酸抑制藥，但是吃了兩星期左右症狀還是沒有改善，便被轉介到純正醫大附設醫院來接受胃部內視鏡檢查。檢查結果發現胃有局部炎症，採取那些部位的組織進行病理檢查後，發現了癌細胞，診斷為胃癌初期。為了治療，從今天開始住院。

「沒有錯，就是檢查出癌細胞的部分。」

冴木操作滑鼠，在電子病歷系統螢幕上叫出內視鏡檢查影像。粉紅色黏膜中有一塊紅色較深的部分。

「我想您在門診應該也聽過說明，我們在這塊紅色部分發現了癌細胞，手術會透過內視鏡切除這些部分。」

冴木用手指觸碰著畫面，一邊說明。

「門診的醫生說，內視鏡手術之後可能還會需要動開腹手術……？」

幸子表情僵硬地繼續提問，冴木看著她，深深地點了頭。

「對，確實有這個可能。治療方法會根據癌細胞深入到什麼程度而改變。假如只停留在最表層，也就是所謂黏膜層的部分，那麼光靠內視鏡進行的內視鏡黏膜切除術就可以完全根治。不過，如果癌細胞深入到黏膜層的黏膜肌層，或者更下方所謂黏膜下層的組織，那麼就需要開腹進行胃的局部切除手術。」

聽著冴木的說明，幸子表情愈來愈僵硬。

「不用這麼擔心啦，我們是外行人，都交給醫生決定就對了。」

始終保持沉默的玄三一派輕鬆地這麼說。

「對不起啊，醫生，這傢伙個性就是這樣愛操心。我這個下下星期就滿八十的糟老頭，還要多多麻煩您了。」

「可是爸……」

玄三拍了拍他已經完全沒有頭髮的頭頂。

「喔，您生日快到了是嗎？要是能趕在那之前出院就好了。」

聽到冴木這麼說玄三有些難為情。

「欸，什麼生日，其實過到第八十次也沒什麼好慶賀的，只是這傢伙跟我孫女硬說要幫我慶祝。既然這樣，我也想在那之前趕快把病治好。」

「那必須進行開腹手術的機率大概有多少呢？」

幸子側眼瞪了瞪父親，上半身稍微往前傾。剛剛跟玄三說話時稍微放鬆的冴木，再次板起臉來。

「關於這一點，都要等到觀察內視鏡切除下來的黏膜之後才能確定。」

「這樣啊……」

「不過，當然這純粹是我自己個人的觀點。」

冴木先說了這個前提，然後露出微笑。

「我覺得癌細胞只停留在黏膜內的機率很高。」

「真的嗎？」

幸子猛一抬頭。

「對，從這個影像看來，變紅的部分非常小，而且顏色也並沒有太深。這表示癌細胞還沒有太惡化。根據我的經驗，這種情況下通常單純透過內視鏡手術就能治療。時代不一樣了，現在胃癌初期的根治率非常高。我和這位諏訪野醫生都會好好負責診療，還請多多指教。」

冴木用力拍拍諏訪野的肩膀。諏訪野急忙低下頭：「請多多指教！」

「哪裡，應該是我們要請醫生們多多指教。」

玄三也一樣低下了頭。光禿禿的頭頂反射著日光燈的亮光。

「好，那我們先來安排近藤先生手術前需要的檢查吧。」

冴木轉動脖子，發出喀啦喀啦的聲音。

大約花了三十分鐘，對近藤父女詳細說明完手術和術後計畫之後，諏訪野和冴木回到護理站。

「好，基本上檢查安排應該跟上星期的內視鏡黏膜切除術一樣吧？我來處理。」

諏訪野坐在電子病歷系統前，手拿滑鼠。

「喔？來我們科裡才短短兩星期，已經這麼能幹了？不愧是我學弟。」

冴木從背後將雙手放在諏訪野肩上。隔著白袍傳來他厚實手掌的觸感。

「哪裡哪裡，這都要歸功於醫生的指導。」

諏訪野半開玩笑地這麼說，但確實也是他的真心話。

兩星期前開始的外科住院醫師訓練，指導醫師是講師冴木真也，他同時也是諏訪野大學時代死黨冴木裕也的父親，對諏訪野百般照顧，讓他很快就學會了各種外科的工作。

「還是這麼愛拍馬屁。」

「這就是我最大的賣點。」

諏訪野彎起兩邊嘴角，開始在電子病歷系統裡輸入預約的檢查項目。

「都這個時間了，上課時間快到了。」

冴木看著手錶。牆上時鐘顯示時間是下午兩點五十分。冴木下午三點開始有醫學院的課。大學醫院除了是醫療機構，同時也是教育機構，對於在這裡工作的醫師來說，指導學生也是重要的業務。

「那我先去教室，趁這段時間你安排一下檢查和手術前後的點滴，還有近藤先生的抽血。我等一下會再確認安排的檢查內容。」

「知道了！」

冴木丟下一句：「那拜託你了。」小跑步離開護理站。目送冴木離開後，諏訪野結束電子病歷的登打，拿起抽血需要的器具走出護理站。

快走到玄三病房入口時，諏訪野停下了腳步。這間四人病房左前方的病床拉簾敞開，玄三正在跟一名身穿西裝的男性說話。

是來探病的訪客嗎？不過為什麼玄三的表情這麼僵硬，臉色好像還有些鐵青。

「那麼我先失陪了，我會再找時間過來。」

西裝男人恭謹地低頭致意，但玄三只是低著頭，沒有回話。男人離開病房，剛好跟諏訪野擦身而過。對方戴著無框眼鏡，頭髮用整髮劑梳理得很整齊，年紀大約三十上下。

到底有什麼事呢？諏訪野狐疑地走進病房。

「近藤先生，打擾了。」

打過招呼後，垂著頭的玄三無力地抬起頭來。他臉色慘白，顯得虛弱無力。

「啊，是諏訪野醫生啊……。」

「近藤先生，你臉色不太好呢，沒事吧？」

「沒事，我沒什麼事。」

玄三笑著回話，但很明顯是在強顏歡笑，他的表情與其說是笑容，更像在哭。

「怎麼臉色這麼蒼白？如果不舒服我可以開藥給你的。」

「我沒事。」

「不，我看您還是不要太勉強自己……」

「我不是說了沒事嗎！」

玄三忽然大叫。意料之外的反應讓諏訪野整個人僵住。

諏訪野看著眼前低頭沉默的玄三，無法動彈。他不知道為什麼玄三會突然這麼激動。

他覺得應該開口說點什麼，卻遲遲找不到說話的題材。

放在床頭的相框不經意地進入諏訪野的眼中。照片裡有玄三跟幸子，還有身穿水手服的少女，三人身後是校門。應該是開學典禮的照片吧。

「請問……這是你孫女嗎？」

玄三「啊？」地一聲抬起頭，莫名其妙地看著諏訪野。

「我說這張照片。」

玄三緊繃的臉這才稍微鬆懈。

「啊？喔，對，是我孫女，現在念高二。」

「長得真漂亮。高二的話，明年就要考大學了吧？」

他企圖繼續延伸話題，但玄三沒回答，表情再次變得僵硬。

不知道發生了什麼事，但總之他看起來不太開心。不如抽完血後先撤退再說吧。

「近藤先生，能不能讓我抽個血？手術前的檢查需要。」

他走近病床邊時，玄三慢慢開口。

「諏訪野醫生，很抱歉……我不動手術了。」

2

「我再確認一次，他並沒有說為什麼拒絕動手術，對嗎？」

「對，我問了很多次，這一點他堅持不說。」

諏訪野點點頭，回應冴木的問題。

玄三拒絕接受內視鏡手術的隔天上午十一點多，冴木和諏訪野人在護理站。昨天諏訪野把玄三的話轉告上完課的冴木後，冴木瞪大了眼睛好幾秒，說不出話來，接著馬上前往病房。但面對冴木「為什麼拒絕動手術？」這個問題，玄三並沒有回答，只是不斷重複地說：「請讓我再考慮一下。」過度給患者壓力也不好，他們決定先思考一晚，隔天再重新討論。

一個小時後，在女兒幸子同席之下，一起討論今後的治療方針。

「你有沒有告訴他，內視鏡手術可以在對身體負擔很小的狀況下進行治療？還有，這種手術不會太難受？」

「說了，我都確實說了。但他就是不聽……」

「如果這樣拖著不治療，癌細胞續惡化下去，最後可能會送命的。這件事他自己也很清楚吧？」

冴木焦躁地搔搔頭。

「他應該知道的，但他只是一直堅持要『一個人仔細考慮』……」

「到底為什麼會這樣？」

「那個……冴木醫生。」

冴木不耐煩地看著諏訪野：「什麼？」

「我現在想起來，近藤先生拒絕動手術之前，曾經跟一個男人見過面，兩個人說話的時候氣氛很凝重。」

「男人？是他的家人嗎？」

「不，看起來不太像。感覺像個上班族。」

「你是說跟那個人說話之後，近藤先生決定不動手術？」

「我還沒有百分之百的把握，但有這個可能。」

冴木面容嚴肅地開始思考。

「……該不會被灌輸了什麼奇怪的知識。」

「奇怪的知識？」

「就是啊。有時候會有這種狀況，一些惡質業者跑來跟癌症患者推銷莫名其妙的昂貴民間療法。那些人會先跟患者灌輸一些奇怪的知識，讓他們不信任醫療，然後再鼓吹如果服用自己推薦的商品，就可以治好癌症。」

「不信任醫療？」

「嗯，沒有錯。比較常聽到的是，日本跟開發中國家相比，死於癌症的患者比例特別高，這都是因為日本的癌症醫療太落後等等。真是胡說八道。拿那些有高比例年輕人死於感染症、平均壽命短的國家，跟世界知名的長壽國家日本相比，那日本癌症的死亡率當然會比較高啊。畢竟高齡者的人口佔比就不知道相差多少了。」

「當然是這樣啊。」

「這就是所謂統計的騙術。從對自己有利的方向來曲解統計結果，導出荒唐的結論。但是被這種手法欺騙的人還不少。這麼一來就會出現悲慘的下場。當患者在嘗試沒有任何佐證的昂貴民間療法時，癌細胞已經發展到無可救藥的階段，有時候甚至落入人財兩失的結局。」

「昨天跟近藤先生說話的那個男人，會不會也是這種惡質業者？」

「有這個可能。如果是這樣，那就不難想像他為什麼突然拒絕手術。」

「如果……我是說如果啦，萬一近藤先生拒絕接受所有癌症治療，到時候會怎麼樣？」

「到時候我們就束手無策了。」

冴木表情不悅地搖著頭。

「啊？可是那他的癌細胞……」

「對，癌細胞會繼續惡化，大概兩三年內近藤先生就會過世吧。但是假如把這些狀況都確實說明過後，患者還是希望這麼做，那我們也無能為力。」

「但如果動了手術，近藤先生就不用死了啊。」

諏訪野實在無法接受，激動地又說了這句話。冴木轉向他，用訓誡的語氣說道：

「不是『不用死』，終究只是『提高活得更久的機率』罷了。人終將一死。近藤先生雖然沒有宿疾，但是他年事已高，動手術本身也有風險。假如是開腹手術，也有可能因為手術帶來的創傷而送命，機率雖然很低，但也並不是零。對他來說，不動手術也有可能反而是更好的選擇。」

「但是這……」

「聽好了，我們不能強迫患者。醫生能做的，只有提出統計上的數據後，建議最適合的治療方法而已。假如患者在了解我們出示的所有資訊後做出了選擇，那麼醫生無法對這些選擇指手畫腳。我們沒那麼偉大。」

「那您不打算說服近藤先生了嗎？」

諏訪野的口氣裡帶著一點責難，冴木聽了笑著回道：「誰說的。」

「怎麼可能呢。我們確實應該尊重患者的選擇。但前提是患者已經確實了解所有的狀況。今天見面時我會再清楚地說明一次。這麼一來至少他會願意接受內視鏡黏膜切除術吧。」

「是……是嗎？」

「那當然啦。內視鏡黏膜切除術這種小手術對身體的負擔小，幾乎不可能因為這種手術導致危及生命的狀況。再加上從現在近藤先生的狀態來看，只需要接受這種治療就很可能根治他的癌症。假如確實了解這些道理，不可能還要抗拒手術、放任癌症不管吧？姑且不管有一定風險的開腹手術，他應該會願意接受內視鏡手術的。」

「真是這樣就好了……」

冴木說的道理諏訪野都懂，但一想起昨天玄三苦惱的表情，他不禁覺得，就算是內視鏡手術，玄三也不會那麼輕易接受。

「好好說明他會懂的。時間差不多了，我們過去吧。」

冴木站起身來大步往前走。諏訪野按捺著心中那股說不清的不安，跟在他身後。

「特地麻煩兩位真是抱歉，都怪我父親講這些奇奇怪怪的話。」

走進病情說明室一坐在摺疊椅上，幸子立刻對兩人深深低頭致歉。

「請不用介意，對患者說明也是我們工作的一環。」

冴木溫柔笑著，看看面無表情坐在幸子身邊的玄三。

「所以近藤先生，考慮了一晚，您有沒有改變心意？」

玄三就像沒聽到冴木說話一樣，絲毫反應也沒有。

「爸，你不說話我們怎麼知道你在想什麼呢？昨天你只是有點不安對吧？當然要動手術把癌症治好啊。如果有什麼擔心的事，就好好請教醫生吧。」

在女兒催促下，玄三揚起低垂的眼睛。那個瞬間，一陣冰冷顫抖掠過諏訪野的背脊。玄三那清澈深沉的眼睛，就好像抱定覺悟的殉教者。玄三低聲開口，聲音很難聽清楚。

「冴木醫生、諏訪野醫生，昨天真是抱歉。我仔細想了一個晚上，想出結論了。我希望動手術。」

聽到這句話諏訪野安心地嘆了一口氣，冴木也笑著點點頭，幸子撫著胸口。房間凝結的空氣頓時鬆緩。但玄三平靜地繼續說道：

「但是我不要昨天您說明的內視鏡手術，請開腹取出我的胃。」

「你、你在說什麼？」

幸子瞪大了眼睛，冴木和諏訪野也不禁屏息。

「近藤先生，請等一下。我們建議您先接受內視鏡手術。內視鏡手術對身體的負擔比較小，而且以近藤先生的情況來說，很有可能就此痊癒的。」

冴木急忙說明，但玄三依然搖頭。

「不，我不接受內視鏡手術。聽說內視鏡手術如果出血會看不清楚、很危險。我絕對不動那種手術。」

「那不是內視鏡，是在腹部開洞插入器具的腹腔鏡手術。腹腔鏡手術中如果出血確實有看不清楚的風險，但是內視鏡並不會——」

「不管你怎麼說，總之我不接受內視鏡手術。」

玄三憤怒地打斷冴木的說明。

「爸，你冷靜一點。醫生說內視鏡手術比較好，我們就照醫生說的——」

「囉嗦！妳閉嘴。我知道內視鏡很危險。用那種裝在管子前面的刀子來刮胃，怎麼可能成功。」

玄三嘴裡飛沫四濺地怒吼，瞪著冴木。

「所以醫生，你會幫我動開腹手術嗎？還是說，不聽你意見的患者，就不幫他動手術了？」

這些挑釁的字句，讓冴木不禁繃緊了臉。

「不，沒有這種事。假如您實在不願意進行內視鏡治療，那麼也可以開腹進行胃切除術。內視鏡黏膜切除術是最近才開始採用的治療方式，之前胃癌全都是開腹手術。不過——」

「下星期。」

玄三打斷了冴木的說明。冴木皺起眉：「什麼？」

「我說下星期，最晚下星期幫我開刀。」

「這是不可能的！」

「為什麼不可能！我已經住院了，下星期為什麼不能動手術？」

「事情沒那麼簡單。手術的行程很早就定好了。就算現在開始安排，最快也要等到下下星期以後才能動刀。」

冴木按著頭、似乎覺得頭痛，但玄三並不接受他的說法。

「醫院總有空的手術室吧？在那裡快點開一開就好啦。」

「手術不只需要主刀醫生，還需要助手、麻醉醫生、刷手護理師、流動護理師。再說如果是開腹手術，近藤先生還得重新接受各種檢查才行。不管怎麼樣都不可能在下星期之前完成，還請您見諒。」

「……我知道了。」

玄三皺起他的鼻頭。

「您能理解就太好了。那您真的要選擇開腹手術嗎……？」

冴木面露疲憊，正要往下說，那一瞬間玄三突然站了起來。摺疊椅的椅腳摩擦著地板，發出刺耳的聲音。

「我要出院。」

「啊？」

「如果你們下星期之前不幫我動手術，那我現在立刻出院，去找其他醫院。可以在下星期之前幫我動手術的醫院。」

「等、等一下。您就算現在找，也不可能找到能馬上替您動手術的醫院。為了盡量降低手術風險，任何醫院都必須在術前進行各種檢查的。」

「不找怎麼知道沒有呢？不管怎麼樣，如果下星期之內沒辦法開刀，我就要離開這間醫院。之後的事就跟醫生您沒關係了。」

冴木和諏訪野頓時語塞，說不出話來。

「你不要太過分了！」

強烈到震動牆壁的怒吼聲響遍整間房間。

「你到底在想什麼啊，爸……」

先對父親怒吼了一聲的幸子，轉而細聲這麼說。玄三嚴峻的表情就像被火灼燙過的蠟一般扭曲變形。

「我……我只是想在下星期之前動手術……」

「你為什麼突然這麼任性？我和醫生他們都希望你把病治好，你怎麼就是不懂呢？」

「這……這我知道，我都知道啊……」

「既然知道就好好接受治療啊。說什麼要出院，也太荒唐了吧？你這樣萬一沒有醫院願意幫你治療該怎麼辦？」

被女兒指責後，玄三低下頭不說話。看到父親這個樣子，幸子又更生氣地往下說。

「不說話我怎麼知道你在想什麼？你到底在擔心什麼？如果有什麼理由就告訴我啊。」

玄三依然低著頭，慢慢張開他微顫的嘴唇。

「……這跟妳沒關係。」

「沒關係！？」

幸子啞然失聲。下一秒她憤然站起，雙手抓著玄三的雙肩。

「沒關係？你說跟我沒關係？媽死後我們不是一直互相扶持到現在嗎？你幫朋友當保證人損失了一大筆錢，讓我沒辦法上大學的時候我一句話都沒有抱怨！我離婚之後你不也幫著我帶孩子？我們兩個人一直相依為命到現在，但是你現在說跟我沒關係！」

幸子流著淚大叫，用力地前後搖晃玄三的身體。諏訪野和冴木連忙站起來插入兩人之間。幸子的手終於離開了玄三的肩膀，她崩潰趴倒在桌上，抖著肩嗚咽。而玄三並沒有整理他被扯亂的病人服，只是用深沉哀傷的表情俯瞰著女兒。

「……冴木醫生，請在下星期之前幫我動開腹手術。如果真的辦不到，也請明白地告訴我。到時候我會跟剛剛說的一樣，辦理出院。……可以的話希望您今天之內能回答我。」

玄三鞠了一躬後，逃也似地離開了房間。關門聲迴盪在房間內。

諏訪野很想對還在啜泣的幸子說些什麼，但是在開口安慰之前，他先將手放在幸子肩膀上。一回頭，只見冴木無言地搖搖頭。諏訪野安靜地等待幸子哭完。

大概過了三分鐘左右，哭聲終於停下，幸子緩緩抬起頭。她的眼睛充血，臉上的妝也被淚水弄花了。

「請用。」

冴木從白袍口袋取出手帕遞給她。幸子嘶啞地輕聲說了句：「謝謝。」用接過的手帕擦擦眼角。

「對不起，讓兩位見笑了。」

「不、不用在意這些。不過為什麼令尊會突然拒絕接受內視鏡手術呢？您有沒有什麼線索？」

「我完全不知道。昨天白天之前，都還說要全部聽醫生安排的啊……」

「有沒有可能是第一次接受內視鏡檢查時很難受，所以不想再做第二次胃內視鏡？」

「我想應該不會。他自己也說了，打過麻醉之後幾乎是在睡著的狀態下就做完了檢查。」

「這樣嗎……」

「請問，他為什麼想要在下星期之內開刀呢？」

諏訪野小聲地這麼問，冴木和幸子的視線都朝向他。

「我只是好奇，為什麼近藤先生這麼堅持要在下星期之前動完手術。該不會下星期有什麼重要的事？」

幸子將手按在太陽穴上，努力回想。

「我想不到什麼特別的事。下下星期初是他的生日，但這應該沒什麼關係吧……」

「也對。如果是開腹手術，之後還得繼續住院兩週左右。假如想要在家過生日，那應該要在生日過後動手術，或者依照原定計畫進行內視鏡治療才對。」
交抱著雙臂的冴木猛一抬起頭。
「恕我冒昧，令尊有沒有可能是考量到經濟問題？假如先接受內視鏡手術後發現癌細胞已經進展到黏膜下，再進行開腹手術，確實一開始就進行開腹手術醫療費會比較便宜。」
「不，我想應該不是。我父親買的壽險裡包含了住院保障和癌症保障。一旦被診斷為癌症，就可以領到一定程度的理賠。住院和手術應該都在保險範圍內。雖然他的壽險八十歲就到期，他自己也說過，幸好在滿八十之前發現了癌症。」
「也不是這個原因啊……」
冴木沉默了幾秒後嘆了一口氣。
「我們在這裡傷腦筋也沒用。手術的事請讓我今天傍晚再跟令尊談一談，我會請他從接受內視鏡治療，或者下下星期之後進行開腹手術當中二擇一。當然，我會再次建議他做內視鏡。」
「如果我父親堅持下星期前一定要做開腹手術那怎麼辦？」
幸子擔心地問。冴木沉默了幾秒鐘後，聲音生硬地回答：

「我們先祈禱令尊能回心轉意吧。」

「冴木醫生。你覺得近藤先生會改變主意嗎？」

回到護理站，諏訪野一邊將剛剛談話的內容輸入電子病歷、一邊問坐在身邊的冴木。

「很難。過去我也看過不少拒絕我建議的患者，其中有些人聽過詳細說明後會改變主意。根據我目前為止的經驗，近藤先生不屬於這種人。我也不知道為什麼，他看起來一點都不打算接受我們的意見。」

「那該怎麼辦？有沒有可能在下星期幫他動開腹手術……」

「我剛剛也跟近藤先生說明過了，這不可能啊。」

「但就算沒有事前預約，假如是緊急手術也有可能排進去吧？如果想辦法擠進排程的話……。」

側眼感覺到冴木冰冷的視線，諏訪野的聲音愈來愈小。

「對不起，不行吧……」

「也犯不著道歉。你還是PGY，不知道這些也很正常。為了因應緊急手術，手術室和醫療人員確實保留了一定程度的空間。所以如果拚命向麻醉科教授或者手術室的護理長低頭拜託，或許有可能排在下星期動刀。」

「那……」

諏訪野的上半身稍微往前傾，冴木伸出手掌制止他。

「你冷靜一點。雖然不無可能，但是那必須是有醫學上必要、無論如何都得盡快動手術的情況才能用的招數。比方說癌細胞惡性很高，有可能在等待期間轉移的患者等等，但近藤先生並不符合條件。近藤先生的癌細胞從病理上來說屬於高分化細胞，惡性較低。以他的情況來說，在準備不足的情況下匆忙進行手術反而風險更高。」

「……你說得對。」

「還有，這也有公平性的問題。我們必須盡可能公平地治療患者。不能單獨給近藤先生特別待遇。」

「那如果近藤先生真的堅持要出院呢？」

「到時候我們也無法硬留他下來。醫院不是監獄。不過任何一間正常的醫院都不可能在他就診後馬上安排下星期動手術。我想近藤先生可能下下星期之後又會再來這裡。」

「假如他不回來呢……？」

「為了避免這種局面，我也會主動聯絡患者跟他女兒，但如果這樣他還是拒絕治療，……那麼大概兩三年後就會死於癌症吧。」

「死於癌症」這幾個不祥的單字讓他背脊一陣涼。這時，諏訪野腦中忽然出現一個假設。

「近藤先生該不會是希望過八十歲生日不要待在自己家裡，所以才想動開腹手術？」

「生日不想在家裡？」

「對，沒錯。假如下星期動手術，那至少下下星期生日時，剛動完開腹手術的近藤先生一定還得住院。這該不會是他的目的吧？」

「為什麼想在生日時住院呢？通常會希望跟家人一起慶祝吧？」

冴木表示不解，諏訪野在他面前壓低了聲音說道：

「我猜可能是昨天那個看起來像上班族的男人，跟他說了些什麼。」

「你的意思是，那個男人並不是在跟近藤先生推銷什麼可疑的民間療法？」

「嗯，我覺得應該不是。這只是我的推測啦，我猜，那個男人是不是來催款的？」

「催款？」

「剛剛他女兒不是說過嗎？近藤先生以前曾經因為當朋友的保證人吃了很多苦。說不定他有一筆債務必須在八十歲生日之前還完，那個男人是來討債的？」

「但聽他女兒的口氣，那好像已經是很久以前的事了。事到如今還會有人上門討債嗎……？」

「一定不是從正經地方借的啦。可能是非法的高利貸，在他八十歲這年手段突然變得激烈之類的？」

「就算真的是這樣，我們也無能為力。假如你的想像是正確的，那麼這就是警察的工作了。我們該想的只有跟治療有關的事，無權過問患者的隱私。再說，我們該治療的患者還有很多。也不能一直把心思放在近藤先生一個人身上。」

眼前的冴木搔著頭，諏訪野不知該如何往下說：「可是這……」

冴木說的確實很有道理，但諏訪野卻從他的發言裡感到一股冰冷。

不深入了解每一個患者，像流水線的作業一樣動手術、進行治療。這算是醫療該有的樣貌嗎？

「總之，今天傍晚我會再跟近藤先生談一次，決定今後的方針。假如近藤先生心意已決，那就先讓他出院吧。」

冴木正揉捏著自己的肩膀，諏訪野看著他，咬了咬自己的嘴唇。

3

「好，最難受的時候已經過了。請慢慢用鼻子呼吸。」

冴木靈巧地操縱著插入患者嘴裡的內視鏡，一邊這麼說。身邊的諏訪野正將清洗胃黏膜用的生理食鹽水充填到注射筒中，他瞄了一眼牆上的時鐘。時間已經過了下午四點半。

跟近藤父女談完後一直到下午五點，冴木跟諏訪野輪值負責胃內視鏡檢查。之後計畫跟玄三進行最後一次談話。如果到時候沒能說服他，玄三可能就會離開這間醫院了。

這樣真的好嗎？假如玄三現在遇到什麼困難，身為他的負責醫生，難道不該想想辦法嗎？

不知所措的諏訪野白袍口袋裡，傳出狀況外的電子音。他拿出呼叫器，液晶畫面上顯示著外科病房的分機號碼。

他拿起附近分機的話筒，迅速輸入液晶上顯示的四位數編號。電話很快就接通了。

「二十五樓病房護理站。」

是年輕護理師的聲音。

「我是PGY諏訪野，請問有人找我嗎？」

「啊，諏訪野醫生。他來了喔。」

「啊？誰來了……？」

「你在說什麼啊？不是你剛剛拜託我的嗎？如果有個像上班族的男人去找近藤先生，要我呼叫你啊。我剛剛去量體溫的時候，剛好看到一個這樣的男人正在跟近藤先生說話。」

諏訪野瞪大了眼睛。他想起昨天那男人離開病房時，曾經對玄三說「會再找時間過來」，來檢查室前拜託了負責照顧近藤的護理師看到有人來要通知他。

諏訪野說了聲「謝謝！」，把話筒放回電話機上，轉身面對冴木。

「怎麼了嗎？」

冴木問道，眼睛依然盯著顯示著胃內部影像的螢幕。

「……那個可疑的男人現在在近藤先生病房裡。」

冴木轉向諏訪野。

「可疑的男人？就是你說昨天跟近藤先生說過話的那個人嗎？」

「對，檢查還沒結束真的很抱歉，但是能不能讓我去近藤先生那邊一趟？我想跟那個男人談一談。說不定可以知道近藤先生的態度為什麼突然轉變。」

冴木面容凝重地沉默著。

不行嗎？冴木剛剛才說過，不能一直把心思放在近藤先生一個人身上，身為指導醫師，他是不是不希望自己太過涉入一個患者的私人因素？

「……去吧。」

諏訪野不自覺地傻傻發出「蛤？」的聲音。

「還呆在那裡幹什麼？再不去那男人可能就要走了。既然要做，就好好做到最好。」

冴木彎起單邊嘴角，擺了擺手作勢趕他走。

「快點去啦。」

「是！謝謝！」

諏訪野挺直了背脊，立刻轉身。

電梯到達二十五樓後，諏訪野小跑步走向近藤的房間。

「啊，諏訪野醫生！」

通過護理站前時，年輕護理師叫住他。就是通知他那男人來了的護理師。

「怎麼了？」

「來找近藤先生那個男人，剛剛已經回去了。」

「什麼！」

「才剛走，你現在追應該還來得及。」

護理師指向梯廳。諏訪野道過謝後衝向梯廳，快速按下下行的按鈕。但是這個時段有很多外來的探病訪客，電梯遲遲不來。

諏訪野推開旁邊厚重的防火門，從逃生梯奔下樓。他兩階併作一階拚命往下衝。雖然是下樓，但要從二十五樓下到一樓還是相當吃力。當上醫生之後一直運動不足的身體此時正發出慘叫。

他上氣不接下氣終於來到一樓，再次推開防火門衝出一樓。寬廣的門診等候室裡擠滿了患者。他匆匆左右張望，尋找昨天跟自己擦身而過的那個西裝男。

找到了！男人就在出口附近。他小心不撞到其他患者，追在男人身後。就在對方正要離開醫院時，諏訪野追上了那男人，從背後拍拍對方的肩膀。

「請等一下……」

「啊？有什麼事嗎？」

轉過頭來的西裝男一臉警戒。

「我是負責近藤玄三先生的PGY。您昨天來找過近藤先生吧？」

「是啊，沒有錯。剛剛也才跟近藤先生聊完。」

男人很乾脆地承認。原本懷疑他可能做了什麼虧心事的諏訪野，有種空揮了一棒的感覺。

「請問，您跟近藤先生是什麼關係？」

「啊，忘了自我介紹。我是做這一行的。」

男人恭恭敬敬地遞出一張名片。看到手中接過的名片上記載的頭銜，他不禁皺起眉頭。

為什麼跟這個人談過話之後，近藤先生態度丕變？

諏訪野絞盡腦汁思考著，忽然彷彿有一股電流流過他身體。他大大瞪著眼睛。

該不會……他奮力想驗證腦中的假設。如果這個假設沒錯，那就可以解釋玄三的行為，而為了驗證這個假設……

諏訪野猛一抬頭。

「怎、怎麼了嗎？」

男人有點被嚇到，稍微往後避了避。

「方便的話可以跟我聊一聊嗎？我覺得自己也差不多需要規劃一下了。」

男人摸不著頭緒般先眨了眨眼，接著露出完美的業務笑。

「那當然沒問題啊！」

下午六點多，諏訪野和冴木再次推開病情說明室的門。神色緊張的近藤玄三已經坐在房間裡等待。冴木不改他嚴肅的表情，在玄三對面坐下。諏訪野也坐在冴木旁邊的摺疊椅上。

跟西裝男交談了一個多小時後，諏訪野打了呼叫器給冴木。聽說玄三催促著冴木要在內視鏡檢查值班結束後快點告訴他結論。

「所以下星期之內能開刀嗎？醫生有結論了嗎？」

玄三一開口就要求冴木給出最後回答。冴木直直望進玄三的眼睛。

「我心裡已經有結論了，但是在那之前，諏訪野醫生好像有些話要跟您說。」

「諏訪野醫生？」

玄三面露疑惑。

進入病情說明室之前，諏訪野拜託冴木給他一點時間跟玄三談談。跟西裝男見過面後，他大概猜測到玄三為什麼抗拒內視鏡手術，還有為什麼堅持在下星期之前要動開腹手術了。但是當時玄三已經在房裡等待，還沒來得及事前詳細跟冴木說明。

「都這個時候了，一個PGY有什麼好說的？還是快告訴我結論吧——」

「要做出這個結論之前，我們必須先向近藤先生確認一些事。不會耽誤您太長時間的。」

諏訪野打斷玄三的話。玄三有點不滿地撇著唇：「……那你就快說吧。」

諏訪野清了清喉嚨，穩定自己的心情。

「我從昨天開始就一直在想。近藤先生您為什麼突然拒絕內視鏡手術、堅持要動開腹手術。」

玄三沉默地一直盯著諏訪野看。

「近藤先生的態度轉變是在昨天。在那之前，我看見一位穿西裝的先生在病房裡跟近藤先生談話。所以我本來以為，會不會是那個男人跟您說了什麼奇怪的話。」

「我不知道什麼男人。再說了，有什麼話會讓我聽了就不想動內視鏡手術？」

玄三憤然丟下這句話。但是他臉頰微微地抽動，並沒有逃過諏訪野的眼睛。

「是啊，我本來也不懂。我一開始還懷疑那個男人會不會是來討債的。」

「討債？你胡說什麼啊。總之這些跟那個男人一點關係都沒有。我只是想要盡快從身體裡拿掉癌細胞而已。不是用內視鏡那種不乾不脆的方法，要確實切開肚子才行。」

「不，絕對有關係。跟那個男人說話時，近藤先生的表情很明顯出現了改變。就好像聽到對方說了什麼、大受打擊。所以我剛剛找到了今天也去過近藤先生病房的那個男人。」

「你說什麼？」

玄三瞪大了眼。

「他很客氣地給了我一張名片。」

諏訪野從白袍胸前口袋取出名片，放在桌上。冴木身體往前傾，看了看那張名片。

「大日本保險股份有限公司　業務一課　山本誠」

名片上這麼寫著。

「保險公司……」冴木輕聲唸道。

「沒有錯，跟近藤先生說話的是保險公司的業務員。」

「保險公司的人也沒什麼好奇怪的吧。可能是來說明這次住院的理賠……」

「是的！」

冴木搔著自己太陽穴附近嘟囔著，諏訪野拉高了音量。

「這就是真正的原因吧。對嗎，近藤先生？」

諏訪野將問題丟過去，但玄三沒有回答。諏訪野逕自往下說。

「我跟這位姓山本的業務員談過。我告訴他自己正在考慮買保險，他很高興地推薦我各種方案。他說其中最推薦的就是能保障到八十歲為止、包含住院保險和癌症保險的不還本型定期壽險。我記得近藤先生買的應該也是這種吧？您女兒是這麼說的。」

「……我不知道。」

「你的意思是如果在八十歲之前動手術，這個手術就能適用保險，所以近藤先生才想盡快動開腹手術嗎？」

冴木偏著頭提問。

「不，這倒不是。我問了那位業務員，他說如果是在保險到期之前決定的手術，即使在保險期滿後動刀，還是會支付醫藥費。所以問題不在這裡，近藤先生需要的，是針對癌症的保險金。」

「針對癌症？」

「沒有錯。近藤小姐也說過，近藤先生買的保險在確診為癌症時會給付一筆錢。近藤先生需要的應該是這個。對嗎？」

看玄三什麼也沒說，諏訪野確信自己的猜測應該沒有錯。

「不，這是為什麼？近藤先生已經診斷為癌症了啊？現在應該就能領到保險金了啊？」

冴木一臉不解。

「不，現在這樣是不行的。現在還不能確定近藤先生的癌對保險公司來說算不算『癌』。」

「不確定算不算癌？什麼意思？你解釋清楚一點。」

「近藤先生的癌有可能只停留在黏膜內對吧？假如是黏膜內癌，切除後治癒率幾乎是百分之百。所以有些保險公司會將這種幾乎能確實根治的癌定義為『並非癌症』。」

「啊？」

冴木訝異地問。

「也就是說，保險公司認為要有危及生命可能的才叫做『惡性』腫瘤，不會致死的腫瘤就『不算惡性』。契約書也載明了黏膜內癌不視為癌症。我向業務員確認過了。」

「這麼說，近藤先生必須在滿八十歲之前證明，他的癌細胞已經進展到黏膜下方……」

「沒有錯……」

之前一直沒說話的玄三從他顫抖的雙唇之間擠出嘶啞的聲音。

「診斷出癌症之後，一心以為可以拿到保險金。但是昨天來說明保險金申請方法的男人，卻在這個時候告訴我無法支付保險金。」

玄三的表情裡帶著憤怒。

「要領取癌症保險金，必須在下下星期生日之前確認癌到底進展到哪個程度。」

「所以得動開腹手術。因為內視鏡黏膜切除術只會從黏膜下面燒掉，雖然可以知道在黏膜內的狀況，可是無法斷言有沒有進展到黏膜下。」

冴木替玄三接下去說完，玄三無力地點點頭。

「對，那個男人也是這麼告訴我的。」

「那你可以早說……」

「……為了錢而要求醫生們改變特意為我規劃的治療方法，這麼失禮的話我實在說不出來。再說，如果被我女兒知道這件事，與其要錢，她一定堅持要接受比較安全的治療吧。所以我才說了那些任性的話。真的很抱歉！」

玄三將頭低到幾乎要碰到桌面。冴木抓了抓太陽穴附近。

「請別這樣……快抬起頭來吧。冒昧請教一下，您說的癌症保險金，大概有多少金額？」

「三千萬。」

「三千萬!?」

超乎想像的高額數字，讓諏訪野不禁拉高了聲調。

「對，年輕時就買的保險，每個月的保費很便宜。即使因為當保證人失去大半財產，我還是沒有解約。一心指望萬一搞壞了身體，也不用擔心沒錢付醫藥費……活到這把年紀我都沒得過什麼大病，這次好不容易可以派上用場……竟然是這個下場。」

玄三臉上露出自虐般的笑容。

「但是就算在下星期之內動開腹手術，也不一定能領到保險金啊。病理檢查的結果也有可能確定癌細胞只在黏膜內。」

聽到冴木這麼說，玄三雙手撐著桌子往前探出上半身。

「就算這樣我也要賭一把這個可能！我當人家保證人害我女兒吃了不少苦。現在她也是一邊工作一邊拉拔上高中的女兒，家裡經濟狀況一定不好過。可是她從來沒有抱怨半句。因為我害她放棄上大學的夢想不得不去工作，但是她從來也沒怪過我！」

玄三眼中浮現淚水，身體又更往前靠。

「我孫女跟我女兒一樣，也打算放棄上大學。她其實想上私立大學，不過為了幫忙家裡，打算高中畢業就出去工作。假如有了三千萬，我就可以送我孫女上大學，我女兒也可以輕鬆一點。醫生，我已經快八十了，不知道還能活幾年。對我來說，這是最後一次能為我女兒和孫女做點什麼的機會。所以算我求求你，請在下星期之內幫我動手術吧……」

說到這裡，玄三哽咽得無法繼續往下說。冴木和諏訪野只是看著咳了無數次、一邊嗚咽的玄三。

諏訪野側眼給冴木使了個眼色。冴木緊皺著眉，交抱著雙臂陷入沉思。房間裡只響著玄三哽咽的哭聲。

「近藤先生……您拒絕接受內視鏡治療，堅持要在下星期以內動開腹手術的想法依然沒有改變，是嗎？」

幾分鐘後，玄三的哭聲終於平息，冴木低聲問他。玄三還是低著頭，用蚊子般微弱的聲音說：「對。」

又抱著雙手考慮幾十秒後，冴木轉身面向諏訪野。

「諏訪野，走吧。」

「啊？去哪裡？」

「還能去哪裡？當然是去手術部啊。去跟麻醉科教授還有手術室護理長磕頭拜託，無論如何請他們安排下星期插進近藤先生的手術。你也給我一起來磕頭。」

趴在桌上的玄三抬起頭來，睜大了他那對充血的雙眼。

「可、可是那不是指有醫學上迫切需求必須提早進行手術的情況……」

諏訪野一頭霧水，視線在冴木和玄三之間來來去去。

「患者已經理解了所有狀況，下定決心寧可出院也要在下星期之內動開腹手術。假如他在其他醫院動手術，可能會因為術前檢查不充分帶來危險。既然如此，還不如在我們這裡開刀比較安全。身為主治醫生的我從醫學角度這麼判斷，你有意見嗎？」

諏訪野半張著嘴，眨了兩三次眼後，堆了滿臉的笑。

「沒有！我哪來的膽子對指導醫師大人的判斷有意見呢！」

隔週星期四，由冴木主刀進行近藤玄三的胃局部切除術。原本不願意讓父親動開腹手術的幸子，也在冴木的說服下勉強同意。

諏訪野以第二助手身分加入手術，竭盡全力協助拉鉤等等。手術兩個半小時後順利結束，冴木跟諏訪野一起向在外等候的幸子還有她上高中的女兒報告手術成功的結果。聽了之後兩人都安心地深深吐出一口氣、露出笑臉。但諏訪野和冴木還無法安心。假如癌細胞只存在黏膜內，那麼玄三這賭上性命的行動就毫無意義了。

對家人說明之後，冴木親自將切除下來的胃部拿到病理檢查室，製作標本。幾乎沒有病理知識的諏訪野幫不上忙，只能在一旁看著冴木俐落地作業。

「好了。」

來到檢查室過了大約一個小時，冴木這麼宣告，將手上的顯微鏡標本放在顯微鏡下。

冴木神情緊張地盯著鏡頭，諏訪野也屏息在一旁守候。

幾十秒後，不斷改變倍率盯著鏡頭的冴木猛一站起，走出了檢查室。

「啊？冴木醫生，等等我啊。」

諏訪野急忙追在後面，跟冴木一起搭電梯來到二十五樓的玄三病房。

走在走廊上時，他數度想詢問結果。可是看到冴木凝重的表情，實在開不了口。

兩人來到病房。玄三躺在病床上，幸子和女兒坐在床邊的摺疊椅上。

「……醫生。」

看到冴木來，玄三撐起上半身想起身，不過馬上表情扭曲地躺回病床上。這也難怪，畢竟才剛動完手術一個小時左右。

「病理檢查的結果出來了。」

沒有任何開場白，冴木平靜地開口。玄三繃緊了臉。

「那……結果怎麼樣？」

幸子有些害怕地問。冴木依然維持僵硬的表情，開了口。

「很遺憾……雖然只有一點點，但癌細胞已經到達黏膜下方的黏膜肌層這個組織。」

「這、這個意思是……」玄三迫不及待地問。

「沒有錯，這不算黏膜內癌。不過，到達黏膜肌層的癌細胞相當少，幾乎不可能轉移，我想這次的手術應該已經完全根除。今後只需要定期回診觀察變化就行了。」

冴木的表情鬆緩了下來，對玄三微笑。半張著嘴的玄三眼中汩汩流出淚水。

「謝謝您……真的很謝謝您……。」

「你怎麼了啊，爸，哭成這樣。看你之前一直逞強，其實心裡也很害怕吧。」

幸子用手帕替父親擦臉，她眼角也滲著淚。

「那我們就先失陪了。近藤先生，之後我會再來跟您做詳細的說明。」

冴木低頭致意後轉身離開病房，諏訪野也行過一禮後跟著離開。

「那個……冴木醫生。」

走在走廊上，諏訪野問冴木。

「嗯？怎麼了？」

冴木彎著單邊嘴角轉過頭。

癌細胞真的已經到黏膜下了嗎？還是……

「……沒有、沒什麼。」

諏訪野把脫口而出的問題嚥回去。這種不解風情的問題，沒有半點意義。

他無言地跟冴木並肩走著，來到梯廳時，諏訪野自言自語般低聲說道：

「冴木醫生，外科挺不錯的呢。」

「喔？怎麼，想到我們這裡來嗎？」

「我現在覺得好像還不錯。」

「不……你還是別來吧。」

「啊？為什麼？我表現這麼糟糕嗎？」

「你表現得很好，甚至可以說太好了。這次也一樣，如果不是你，我可能會什麼都不知情就讓近藤先生出院。所以我很感謝你。」

「那為什麼……？」

「但是你不適合外科。外科治療的核心是手術，沒有多餘的力氣一一去面對每一個患者，因為後面還有接二連三不得不動的手術。我看，你可能比較適合內科，或者那些可以好好陪伴患者進行治療的科。」

「內科嗎？其實我還滿喜歡開刀的啊。」

諏訪野搔搔頭，顯得有點難為情。

「訓練時間來日方長。這段期間你仔細考慮考慮再決定吧。不過，如果真的要來我們這裡，我可是會好好鞭策你的，做好心理準備啊。」

冴木用力拍了拍諏訪野的背。那厚實手掌的觸感，讓他覺得很舒適。

「到時候還請多多指教！」

諏訪野故意誇張地向他鞠了個躬。

未冷卻的傷痕

1

好閒……星期四下午，純正會醫科大學附設醫院皮膚科醫局一角，PGY第二年的諏訪野良太正強忍呵欠在桌前翻著參考書。旁邊的電視傳來日圓升值導致景氣惡化，還有殺人事件、東京都內發生的連續縱火事件等新聞。更遠一點的地方有幾位年輕女皮膚科醫生正在針對最新的美容法熱鬧地交換資訊。

這感覺就像誤闖女校教室一樣不自在。諏訪野看了看手錶。時間是下午三點多。距離下班時間還要等兩個小時。諏訪野嘆了口氣。之前的不分科住院醫師訓練生活從來沒煩惱過該怎麼打發時間，工作總是堆積成山，經常到深夜都還忙到東奔西跑。可是開始在皮膚科受訓的這一星期，已經有好幾天都像現在這樣閒得發慌。

看來選擇皮膚科是個錯誤啊……

諏訪野趴在桌上。純正醫大的初期不分科住院醫師訓練在第二年的幾個月期間有「選修科」，可以自由挑選想受訓的科別。諏訪野心想，不管將來要去哪一科，多了解各種皮膚疾病應該會有幫助，所以決定來皮膚科受訓一個月。

「怎麼了，諏訪野？像個軟體動物一樣軟趴趴的。」

聽到聲音他連忙坐好姿勢轉過頭。指導醫師桃井佐惠子不知什麼時候開始站在他身後。她有著一頭柔軟波浪的明亮茶色頭髮，隔著白袍也能看出的豐滿體態，五官端正，但因為妝容太濃所以很難判斷真實年齡。

「啊，桃井醫生，您辛苦了。沒有啦，我只是稍微伸展一下……」

他臉上立刻浮現討好的笑，桃井挖苦地揚起塗著粉紅色口紅的嘴角。

「怎麼？覺得太無聊。」

被說中心事的他頓時語塞。桃井在旁邊座位坐下，慢慢交叉雙腿。

「確實啦，我們這裡患者很少。」

上午他跟著桃井的門診觀摩，下午則是住院患者的查房，還有寫處方、病歷等文書業務。可是皮膚科的住院患者只有三名皮膚癌的術後患者，負責醫生的人數遠比患者還多，不消一小時就能完成工作。

「沒事可做會覺得很心慌吧。」

看到他縮了縮脖子，桃井「哈哈哈」笑出聲來。

「還是PGY，怎麼就有點像工作狂了。」

「可能真的有一點吧。」

習慣了過去訓練生活馬不停蹄的忙碌，自己的感覺大概也有點不正常了。

「我們這邊工作時間短，能有很多自由時間，經驗多了之後只要看一眼患者皮膚狀況，幾乎就可以做出大部分診斷。另外產假、育嬰假也都能確實請到，休假期間看看參考書還可以提高臨床能力。所以說，在至今依然由男性主導的醫療世界裡，這算是少數『適合女性』的科別。但是對於想獻身工作、鞠躬盡瘁的人，可能會覺得有點不過癮吧。」

適合女性的科……確實有道理，這時諏訪野想起自己還不知道眼前這位指導醫師結婚了沒，望向桃井的左手無名指。

「……為什麼看我左手？」

桃井聲音低沉，剛剛的笑容就像退潮一樣，已經從臉上消失。

「沒、沒有啦。」

「……無所謂啦。我們科基本上業務很清閒，但是如果有某種患者住院，忙起來可是不得了，不輸給外科。」

「某種患者？那是指什麼？」

「就是……」

桃井正要回答時，響起一陣電子聲。桃井說了句「等一下」，從白袍口袋取出呼叫器後，拿起放在桌上的分機電話話筒。

「喂，我是桃井。……是、……對，我是主治醫生……。現在在急診？……好，知道了。」

放下話筒的桃井意味深長地對他微笑。諏訪野忍不住往後退：「怎、怎麼了？」

「諏訪野，你這小子運氣不錯。剛好有這種患者送急診，由我們來負責。」

桃井從椅子上起身，催促諏訪野：「走嘍。」

「請問，到底是什麼樣的患者？」

桃井輕輕聳肩。

「熱傷，也就是燒燙傷患者。」

2

這……真的很不得了……

隔天上午，諏訪野一邊小心拆下被加了抗生素的軟膏還有燒燙傷流出的滲出液弄髒的繃帶，想起桃井說的話。

昨天跟桃井去了急診室，一名右小腿內側受了嚴重燒燙傷的年輕女性被送來。他跟桃井一起負責治療這位名叫守屋春香的患者，而治療過程體力負擔之重，遠遠超乎他的想像。

燒燙傷部分很怕感染，所以除了打點滴注射抗生素之外，還要在整個燒燙傷部位厚厚塗上一層加了抗生素的軟膏。

另外，燒燙傷受損部位的毛細管會滲出大量液體，這些富含營養的液體如果放著不管，就會形成很容易滋生微生物的環境，所以得頻繁拆下沾了滲出液的繃帶重塗軟膏，再纏上新的繃帶。

大量滲出液流出體外的同時，因熱被破壞的細胞內液也會外漏，導致血中電解質平衡容易失調，一天中必須抽好幾次血來確認血中電解質。

諏訪野和桃井從昨天開始就住在醫院裡，每隔幾小時就去換繃帶、抽血。今天桃井整天都有門診，現在諏訪野得一個人來處理。

他小心拆下繃帶，避免受傷部位出血，接著將大量軟膏塗在燒燙傷處。表皮已經完全燒掉，只剩下不忍卒睹的潰爛紅色皮下組織。

「不好意思，麻煩你了。」

春香撐起上半身，虛弱地說。

「請不要放在心上，我們會盡量讓傷口恢復得好一點的。」

諏訪野盡量表現得開朗，不想讓患者發現他全身堆積的疲勞。

「只是手滑了一下，沒想到會變成這麼嚴重的燒燙傷……」

春香皺起眉心。聽了原委之後才知道，原來是在炸東西時鍋裡的油翻倒了，潑到腳上。

就算告訴她，這個部位平常不太容易被看到，想必她一樣會很難受吧。尤其是女性患者……

諏訪野一邊跟春香閒聊想轉移她的注意力，一邊塗上軟膏。這時他發現燒燙傷邊緣有些髒污，輕輕用戴了無菌手套的手去摳了一下。

「好痛！」

春香一叫他連忙收手。

「對不起！很痛嗎？」

「對……不過沒關係。」

諏訪野又說了一次「不好意思」，纏上新的繃帶。傷口上確實塗了加有抗生素的軟膏，這點程度的污垢應該也不至於感染吧。等清洗傷口時再弄掉就好。

花了三十分鐘左右完成處置的諏訪野輕輕吐出一口氣。

「好了，我去叫妳女兒回來喔。」

「好，麻煩你了。」春香表情開朗了一些。

拉開圍在病床周圍的拉簾，坐在外面椅子上讀著繪本的少女迅速抬起頭來。這是春香五歲的獨生女，守屋花南。

「好了嗎？」

花南走過諏訪野身邊靠近病床。春香微笑著從病床上伸手摸摸女兒的頭。

「那我等晚餐過後再來換繃帶。」

拉著載滿髒繃帶的治療推車離開病房。回到護理站的諏訪野整理剛剛用過的器具，打開電子病歷系統輸入處置紀錄，也順便看了一下春香的病歷。螢幕上出現剛被送來時拍下的燒燙傷部位照片。

看到燙得紅黑潰爛的小腿照片，忍不住緊抿了一下嘴。桃井說燒燙傷的範圍既廣又深，可能需要進行皮膚移植。

諏訪野睡眠不足的乾澀雙眼盯著螢幕，忽然覺得有些異樣，整個身體往前貼近螢幕。嘴裡不自覺地發出：「……咦？」的聲音。

「久等了啊，諏訪野。」

背後突然被人一拍，往前彎曲的背部頓時挺直。轉過頭，桃井不知從什麼時候起站在身後。她結束上午門診後回到病房來。

「好餓啊，我們去吃午餐吧。」

「桃井醫生，妳可以看一下這個嗎？」

諏訪野指著螢幕上顯示的燒燙傷照片。

「嗯？怎麼了嗎？」

「守屋小姐應該是下廚時弄翻了油燙傷的吧？這樣說來這張照片是不是有點奇

怪？」

照片上可以看到翻到膝上的長裙底下，露出慘遭燒燙傷的小腿肚。

「哪裡奇怪？」

「假如受傷時穿的是這種長度到腳踝的長裙，那油應該是從裙子外潑下去的吧？可是照片裡的裙子上完全沒有沾到油的痕跡。還有，如果衣服上沾到滾燙的油，通常第一個反應是會脫下來吧？」

「應該是把潑到油的衣服脫掉，在急救人員來之前換上長裙了吧？畢竟不好意思只穿著內褲。」

「我一開始也是這樣想的，但是這麼嚴重的燒燙傷，應該沒有換衣服的餘力吧？另外，如果是做菜的時候潑到油，那應該是潑到身體前側、比大腿上方的位置。燙傷範圍只侷限在小腿肚，實在不太可能。」

「所以你想說什麼……？」

桃井壓低了聲音。諏訪野吐了一口氣，小聲地說：

「我猜……守屋小姐可能在說謊。」

3

「守屋小姐是家庭主婦嗎？」

桃井用筷子夾起親子丼裡的雞肉。

「不是，我記得她是派遣員工。」

諏訪野夾著蕎麥乾麵回答道。兩人離開病房樓層後前往地下樓的蕎麥麵店，也就是大家慣稱的「地下蕎麥」吃午餐。

「喔，在上班啊。那夫妻兩個人都在工作嘍，那個可愛的女兒平時就託給幼兒園吧。」

桃井將雞肉丟進嘴裡。

「不，她很久之前就離婚了，現在是單親媽媽。對方也沒有給贍養費，家計光靠守屋小姐一個人的薪水在支撐，經濟上好像還滿吃力的。」

「看護紀錄上寫這麼詳細嗎？」

桃井不解地偏著頭。

「是剛剛換繃帶時聊天聊到的。」

「諏訪野你真的很擅長跟患者聊天耶，大家好像都被你這張人畜無害的臉騙了。」

「我哪有騙人啊。」

「說不定你還滿適合我們皮膚科的。我們科以門診為主，所以仔細聆聽患者說話非常重要。還有，諏訪野很容易跟人親近，在我們這種以女人為主的科裡面應該也能順利活下來。」

這表示在這裡生存很不容易吧。突如其來的邀約，諏訪野只是堆起滿臉笑容，回了句：「謝謝。」

「不用這麼緊張啦。我們這裡人手足夠，我也不會硬拉你進來。」

苦於人手不足的外科要是聽到這些話，應該會昏倒吧。諏訪野暗自這麼想著，桃井已經拿起碗公一口氣扒完米飯。

諏訪野專注地看著，心想，從外表還真難想像她這吃相，而面前的桃井放下碗公，合掌說道：「好吧。」

「假如不是做菜時潑到油，為什麼守屋小姐有必要說謊？」

「這我還不清楚，不過……」

吃完蕎麥麵的諏訪野一邊往沾麵醬汁裡倒蕎麥麵湯，一邊思考。

「我想她應該是有什麼不想被知道的事。」

這時，身邊攤開運動報的中年醫師正對一起用餐的醫師說：

「欸，聽說昨天這附近又有縱火案了。最近也太多這種事了吧？」

「又有了嗎？犯人好像還沒抓到呢。」

回答的年輕醫師看起來對這個問題沒多大興致。諏訪野和桃井對看了一眼。

「不會……吧。」

桃井繃起臉來，諏訪野立刻從口袋裡取出手機，打開新聞網站確認，馬上就找到了相關報導。

「昨天下午三點左右，距離我們醫院兩公里左右的住宅區垃圾場發生了縱火案。火馬上就被撲滅了，也沒有人受傷。但是這附近從上上星期開始就接二連三出現無名火，這都已經是第六件了。」

「昨天下午三點左右……」

桃井望向天花板，一邊自言自語。諏訪野非常清楚她現在腦中在想什麼。

春香送到急診室的時間是下午三點半左右。假如是下午三點縱火時不小心燙傷了自己，回家換衣服後叫救護車，那時間剛好吻合。

「桃井醫生，該不會……」

「不，諏訪野。不能靠這種不確實的資訊懷疑患者。醫生的工作不是懷疑患者，而是治療。懂了嗎？」

桃井表情嚴肅地搖搖頭。

「……知道了。」

諏訪野略帶猶豫地點點頭，將兌過蕎麥麵湯的醬汁送進嘴裡。

跟桃井共進午餐的幾個小時後，諏訪野站在護理站一角翻看著陳舊的紙本病歷。那是七年前純正醫大附設醫院還沒有導入電子病歷時，守屋春香的住院紀錄。

大約兩小時前結束下午例行業務的諏訪野，開始蒐集有關守屋春香的資訊。他發現七年前守屋春香曾經在耳鼻喉科住院過幾天，諏訪野從地下層的保管室找出了當時的病歷。

「也不寫整齊一點。」

他忍不住碎唸。翻開的頁面上記載著看似蚯蚓跳舞般不知是文字還是塗鴉的線條。可能是英文的書寫體吧，不過如果說這是古代的象形文字他可能也會相信。

花了一個小時左右認真嘗試解讀，他還是獲得了一些資訊。七年前，春香主訴「右耳突然聽不見，有強烈暈眩症狀」，來到耳鼻喉科門診就診，檢查結果醫生診斷為突發性耳聾。

如同其名，突發性耳聾是突然有一隻耳朵聽不見的疾病，原因不明，發病後時間愈久治癒率愈低，所以早期治療相當重要。主要的治療是靜養和給予類固醇，症狀嚴重的話通常需要住院治療。

春香的聽力受損似乎滿嚴重，總共住院了五天。之後多虧了治療奏效，聽力漸漸改善，暈眩現象也消失，才得以出院。

諏訪野翻開附在病歷後的檢查結果頁，上面有聽力和平衡感的檢查結果。

「怎麼沒做MRI呢？」

他緊抿著唇。因為嚴重聽損或暈眩而住院的情況，為了確認內耳或腦部有沒有異常，通常會拍攝MRI。可是當時的檢查結果裡並沒有MRI的結果。看這位主治醫生寫的病歷這麼難懂，可能他安排檢查的時候也很隨便吧。

諏訪野闔上病歷，看看牆上的時鐘。時間將近下午七點。

「該去換繃帶了。」

收拾好病歷，推著治療推車離開護理站。

走到春香的病房前，裡面有個中年男子帶著小女孩一起走出來。正對著病房揮手的男人撞上了推車，諏訪野下意識地叫了一聲「哎呀！」。

「啊，抱歉抱歉。」

男人縮了縮脖子。

「不會，我才不好意思。」諏訪野輕輕低下頭。

男人溫柔微笑著，對身邊的少女說：「那我們走吧。」這時諏訪野發現，跟男人手牽手的少女正是春香的女兒花南。

春香應該是單親媽媽。那這個男人是？

目送兩人遠離的背影，諏訪野滿懷好奇地走進病房。四人房間裡，只有右後方春香的病床周圍遮蔽的拉簾敞開著。

「我來換繃帶了。」

推著治療推車來到病床邊，諏訪野拉上病床周圍的簾子。

春香說了聲：「不好意思，麻煩您了。」一邊將床邊桌上的茶杯移到床頭櫃的熱水壺旁，還探出身子伸手想去收拾桌子和摺疊椅。

「啊，我來就好，沒關係的。對了，剛剛跟花南一起出去的那位先生是？」

諏訪野折起摺疊椅，不經意地問。

「喔，是鍋島先生，我的上司。他幫忙送花南去我媽媽家。」

春香的表情帶著笑意。看了她這表情，諏訪野才意識到春香跟男人之間的關係。普通上司不太可能跟花南開開心心牽著手。他們應該是男女朋友吧。

心中暗自做出結論後，他將摺疊椅和桌子移到一邊，說了聲：「不好意思喔。」掀開蓋在春香下半身的棉被，露出纏著繃帶的右小腿。幾個小時前還是雪白的繃帶，現在因為滲出液已經變成黃色。

開始拆繃帶時，諏訪野不禁眨了眨眼。原本應該纏得很緊的繃帶現在鬆垮垮的，而且纏的方式很隨便，完全沒有依照基本步驟來。

難道我剛剛太累，所以包紮得這麼隨便嗎……？他一邊反省一邊把繃帶都拆下來，確認傷口的狀態。紅色比昨天淡了許多，也沒有感染的現象，應該沒什麼問題吧。

他輕輕點了點頭，正要塗上含抗生素的軟膏時，拿著軟管的手突然定住。

「怎麼了嗎?」春香不安地問。

「沒、沒什麼……啊,守屋小姐,能不能等我一下?醫生交代我要把傷口的狀態拍下來,我差點忘了。」

他迅速離開病房到護理站取來記錄用的數位相機。

「久等了。請讓我拍幾張記錄下來。」

諏訪野拿好相機,按下快門的手指微微顫抖。

「燒燙傷面積變大了。」

整個護理站都能聽到桃井的聲音。幾個護理師看了過來,好奇發生了什麼事。諏訪野急忙在嘴巴前豎起一根食指。

「啊,抱歉。但這是怎麼回事,你說燒燙傷面積比昨天還要大?」

「請看看這個。」

諏訪野從白袍口袋裡取出兩張照片,放在桌上。

十五分鐘左右前,他結束春香燒燙傷的處理後回到護理站,馬上將數位相機拍攝到的影像列印出來。印完之後,結束門診跟文件整理的桃井剛好過來護理站查看狀況。

桃井瞇著眼對比桌上這兩張照片。一張是送急診當時拍下的春香燒燙傷照片，另一張是剛剛諏訪野拍的照片。

「……這個部分。這裡確實有新的燒燙傷痕跡。」

桃井指著諏訪野拍下照片的某個部分。沒有錯，那個部分出現了新的燒燙傷痕跡，傷口的面積略微擴大。

「受傷後經過一天多，燒燙傷有可能擴大嗎？比方說因熱受損的細胞，隨著時間經過逐步壞死之類的……」

「這怎麼可能。」

「對不起。」

「啊，我不是在怪你啦。但是根據我二十……根據我過去資深的皮膚科經歷，從來沒看過經過一天之後燒燙傷又擴大的例子。」

出乎意料得知了桃井的年齡，讓諏訪野有些倉皇，他努力掩飾小心不被發現，一邊附和著：「就是啊。」

「至少這些應該是住院之後受的傷。問題是，為什麼會發生這種事？」

「剛剛去換繃帶時，我發現繃帶纏得很隨便。本來以為是不是我自己太累所以做事馬虎，說不定並不是這樣。」

「你是說有人解開了繃帶，讓守屋小姐燙傷之後再纏回去？」

諏訪野點點頭，桃井面色凝重地交抱著雙臂。四周是一片沉重的寧靜。大概過了三分鐘吧，安靜無語的桃井終於開口。

「你知道白天換繃帶之後到剛剛這段期間中，有誰見過守屋小姐嗎？」

「請等一下。」

諏訪野走到護理站的櫃檯，翻看訪客名冊。

「只有兩個人。她女兒花南跟一個叫鍋島的男人。」

「鍋島？」

「好像是守屋小姐公司的上司。剛剛我進去時他剛好要離開，跟花南手牽著手回去了。我猜可能是守屋小姐的男友吧。」

「其他有人來找過守屋小姐嗎？」

「看這名冊上只有這兩個人。」

「這麼說來，那個叫鍋島的男人很可疑。說不定守屋小姐原本的燙傷也跟他有關。」

「守屋小姐的男友對她施暴嗎？但是再怎麼樣也不至於搞出這麼嚴重的燒燙傷啊……而且特地來醫院探病再次讓她燙傷，這也太奇怪了吧？」

「確實很怪。我問你，你知道守屋小姐公司在哪裡嗎？」

「啊？公司嗎？我沒問過她，但是我想應該就在這附近。畢竟還要照顧花南，她說過上班的地方離家裡不遠。」

「也就是說，那個叫鍋島的男人工作的地點也在這附近。因為他是守屋小姐的上司。」

「桃井醫生，妳該不會懷疑鍋島先生跟縱火案有關吧？」

「也不是不可能啊。附近的縱火案都發生在白天。鍋島如果是跑業務的，就有可能在外出時順便縱火，然後對知道這件事的女友守屋小姐施暴。」

「不，妳想像力太豐富了啦。」

「或許吧，但是現在住院中的患者很有可能遭受危害。身為主治醫生我不能坐視不管。」

桃井神情很嚴肅。

「沒有錯……。那我們接下來該怎麼辦？」

「還能怎麼辦？」桃井的眼神望向走廊：「當然是直接去問她本人。」

4

「請問，找我有什麼事嗎？」

春香護著自己燙傷的那隻腳走進病情說明室，不安地環望這殺風景的房間，坐上摺疊椅。諏訪野和桃井隔桌坐在她對面。

「不好意思，守屋小姐。我會跟您說明今後的治療方針，另外也有些問題要請教您。」

桃井親切地這麼說，春香輕輕點了頭。

「首先，關於您燒燙傷的狀況，目前沒有看到感染的現象，恢復得很順利。但是昨天我也說明過了，因為燙傷的範圍很廣，所以我們必須從身體其他部分採取皮膚，擴張後覆蓋在燒燙傷部分上，進行皮膚移植。關於這項手術，需要等目前燒燙傷的狀態更穩定一點再決定日程。」

「好，我知道了。」

接著桃井清了清喉嚨，望著春香的眼睛。春香出現緊張的神色。

「就像我剛剛說明的，燒燙傷狀況沒有問題。除了一點以外。」

桃井使了個眼色。諏訪野從白袍口袋裡取出兩張照片，放在桌上。

「這張照片是昨天守屋小姐被送到急診室時拍的，另外這張是剛剛諏訪野醫生拍的。仔細看看，燒燙傷的範圍比昨天稍微大了一點。」

春香表情僵硬，無言地凝視那兩張照片。

「守屋小姐。」

桃井叫了她一聲，春香明顯地抖了一下。

「您能解釋一下嗎？為什麼燙傷會變大呢？應該說，為什麼會出現新的燒燙傷痕跡呢？」

春香還是沉默低著頭。桃井長長吐出一口氣。

「我查過訪客紀錄，今天跟您見面的有您的女兒花南，還有……聽說是您公司上司的鍋島先生。」

「您該不會覺得是鍋島先生讓我燙傷的吧？」

春香聲音裡含著怒氣。

「我認為不能否定這個可能性。至少確實有人在這幾小時之內把您燙傷了。而這段時間之內跟您有過接觸的，除了鍋島先生和花南，就剩下醫院裡的職員。」

桃井舔了舔嘴唇，繼續說道：

「醫院裡的職員沒有理由讓您燙傷，而且如果真的有人這麼做您應該會求助。但是您並沒有。這麼一來，就表示您很有可能在袒護某個人。某個您親近的人。」

「鍋島先生為什麼要把我弄傷？他是個很善良的人，絕對不會做這種事！」

「那為什麼您燒燙傷的面積會變大呢？」

「……這、這都無所謂吧。我自己都不在意了。」

春香說話的聲音愈來愈小，桃井盯著她。

「我們有義務確保住院患者的安全。假如有人在院內被燙傷，那就是傷害事件。有必要的話我們必須通報警察，確保安全。」

「警察……」春香頓時面色鐵青。

「我也希望盡量不要讓事情鬧大，所以請告訴我。到底發生了什麼事？」

春香再次低下頭，桃井柔聲這麼對她說。大概安靜了一分多鐘，春香慢慢抬起頭來。她那張臉此時已經沒有表情，就像戴著能劇面具一樣。

「是我自己弄的。」

「自己？」

「對，沒有錯。我自己淋上熱水壺煮沸的水燙傷的。」

「為什麼要這麼做？」

「就是一時興起，突然想這麼做。所以沒有人要危害我，也沒必要叫警察。」

春香冰冷地說完後，從椅子上起身，拖著腳走向房門。

「等、等一下。」

桃井試圖叫住她，但春香說了聲：「告辭。」就離開房間。關門的聲音震動著房裡的空氣。

「……走了耶。」

諏訪野小聲地說，桃井也說：「走了……」重重往後躺進椅背。

「一提到警察，她就顯得很慌張。看來真的是在袒護誰。」

「確實。不過聽到我們懷疑鍋島，她好像真的很生氣，說不定犯人不是他？」

「可是不經過護理站前就進不了病房，護理站有職員在，除了患者和醫護人員以外，都得在訪客名簿上留下名字的啊。」

「職員也有可能暫時離開座位吧？說不定是趁著那段空檔進去的？」

「不管是誰，總之這絕對是傷害事件。……要報警嗎？」

「不，如果她本人堅持是自己弄的，那我們也沒辦法輕易報警。」

「有沒有可能真的是她自己弄的？」

「自己把自己燙傷？為什麼？」

桃井眨了眨眼。

「不是有些人精神上被逼急了，會衝動得割腕嗎？」

「衝動割腕跟拆下繃帶讓自己燙傷然後再把繃帶纏好，有著根本上的不同。這得花很多功夫，而且她拚命想藏住新的燙傷痕跡。我不覺得這是出於衝動的行為。」

「也對……」

交抱著雙臂的諏訪野忽然想到一件事。假如真的有人來到病房讓春香燙傷，那麼當時花南在做什麼？花南上午時間一直到剛剛被鍋島帶回去這段期間一直待在醫院裡。春香被人燙傷的時候，是不是被支開去商店買東西之類的？

想到這裡，他腦中閃過一個可怕的想像，不禁讓他全身發抖。

跟春香住在一起的花南，行動範圍應該也在這附近，也就是發生縱火案的這個地區。有沒有可能花南是縱火犯，而春香是為了阻止她的行為而被燙傷的呢？然後幾個小時前，母女之間發生了某些爭執，花南再次將母親燙傷。

這麼一想就不難理解春香為什麼堅稱是自己下的手。為了保護唯一的女兒，她當然會不惜一切。

不可能。他這麼告訴自己，但腦中這些不好的想像還是漸漸膨脹。

「怎麼突然不說話了？」

「沒有……沒什麼。」

看到勉強擠出笑臉的諏訪野，桃井狐疑地歪了歪頭。

「就算要報警也得等明天以後了，現在先專心治療守屋小姐吧。今天晚上我值班，繃帶我來換吧。諏訪野你先回去好好休息，應該很累了吧。」

「不、那個……我可以留下來嗎？有些東西想查清楚。」

看到縮著脖子提議的諏訪野，過了幾秒之後桃井挖苦地說：

「可以是可以，但你先去沖個澡、刮刮鬍子吧。清潔感對皮膚科醫生來說可是很重要的。」

好睏……坐在醫局桌前盯著電腦畫面，諏訪野覺得眼睛很酸澀。時間已經將近晚上十一點。昨天也住在醫院裡沒怎麼睡，現在覺得眼皮非常沉重。

這幾個小時，他一直在網路上搜尋跟縱火事件相關的報導，但是並沒有什麼收穫。

「諏訪野，查出什麼了嗎？」

轉過頭，戴著眼鏡和大口罩的桃井走近。剛剛去洗手間卸完妝後一直是這個打扮。看來她真的很不想被看到沒化妝的樣子。

「沒什麼特別的。」

「我想也沒那麼簡單吧。以防萬一，還是報警比較安全。萬一守屋小姐再次受害就太遲了。」

「桃井醫生覺得家暴的可能性很高嗎？」

「從目前的狀況看來確實很高。」

「但如果受到像這種燙傷這麼嚴重的家暴，以前應該也會有受傷送急診的紀錄才對。但是這幾年來並沒有守屋小姐的就診紀錄。目前有的紀錄只有這些而已。」

諏訪野拿起放在桌上的紙本病歷翻著頁面。

「七年前曾經因為突發性耳聾住院了幾天。病歷上……」

諏訪野的手指停了下來。

「怎麼了？」

「為什麼沒有拍MRI……？」

身邊的桃井偏著頭：「你說什麼？」諏訪野正在奮力驅動他的大腦。變大的燒燙傷、沒潑到油的長裙、沒有拍MRI。他慢慢將這些散落的碎片拼湊在一起。

諏訪野倒吸了一口氣，拿起放在桌上的照片。那是春香來急診處時拍的燙傷照片。假如他的猜測沒錯……下一個瞬間，他馬上找到要找的東西。諏訪野將照片放回桌上，仰望天花板。

「我說你到底怎麼了，諏訪野？你這樣有點嚇人耶。」

諏訪野深深吐了一口氣，跟微將身體往後縮的桃井四目相對。

「桃井醫生，我知道為什麼燙傷面積會變大了！」

5

「怎麼回事？大半夜的，不是要換繃帶嗎？」

走進病情說明室的守屋春香，不太高興地發著牢騷。時間接近午夜零點。「不是剛剛才談過話嗎？」諏訪野和桃井說服不情願的春香，再次請她來到這間房間。

「所以到底有什麼事？」

坐下的春香表現出很明顯的警戒心。跟幾個小時前一樣，諏訪野和桃井坐在隔桌的對面。

諏訪野側眼看著化好精緻妝容的桃井。幾十分鐘前，聽諏訪野說完他的發現後，桃井花了將近三十分鐘重新化妝。

桃井使了個眼色，兩人依照事前所討論，先對春香深深低下頭。

「首先必須向您道歉。剛剛我說了不該說的話，竟然懷疑是鍋島先生讓守屋小姐受傷。」

聽到桃井道歉，春香顯得有些意外。

「這、那警察那邊……」

「我們當然不會報警，因為沒有這個必要。」

桃井抬起頭。春香僵硬的表情顯得安心了不少。

「看來你們終於懂了，我的燙傷根本沒有變大。」

「不，您的燙傷確實變大了。還有，一開始的燒燙傷也並不是如您所說明，是在做菜時被油潑到的。」

「妳在說什麼……？」春香的表情再次變得僵硬。

「接下來會由諏訪野醫生來跟您說明。因為發現這次真相的其實是他。」

被點名的諏訪野，清了清喉嚨，開始說明。

「我一開始覺得奇怪，是發現您七年前因為突發性耳聾來住院時，沒有拍MRI。根據病歷紀錄，您除了聽損之外，還有嚴重的迴轉性暈眩。這種時候就算在其他檢查中強烈懷疑可能是突發性耳聾，考慮到內耳障礙和腦血管疾病的可能性，通常也會拍MRI。但是您當時並沒有拍MRI。」

「……那是主治醫生疏忽了吧？」

「沒錯，起初我也是這麼想。但是我發現還有其他的可能。後來我看到這張照片，證實了我的猜測。」

諏訪野從白袍口袋拿出兩張照片。那是春香昨天跟今天分別拍下的燙傷照片。諏訪野指著昨天的照片。

「這是在急診處拍下的燙傷照片。仔細一看，燒燙傷邊緣有些微黑色的痕跡。」

「只是一些髒點吧。」

「不，不是的。今天中午我去換繃帶時也有這個黑色痕跡。為了預防感染，守屋小姐的燙傷在急診處應該確實清洗過，不可能留下髒污。另外……」

諏訪野指著另一張照片。

「晚上拍的這張照片上，已經看不見黑色的痕跡了。不過在相同部位卻出現了新的燙傷。也就是說，燙傷之所以擴大，目的就在於消除這個黑色痕跡。」

諏訪野說到這裡停頓了一下，狹窄的房間裡一片寂靜。表情僵硬盯著照片看的春香，嘴唇微微動了動。

「你的意思是，有人為了消除這個黑色痕跡讓我燙傷？」

「不，不是的。」諏訪野平靜地開口：「把燙傷變大的是守屋小姐，您自己。幾個小時前您在這裡坦承的，的確是事實。」

春香就像沒聽到這些話一樣，一點反應都沒有。諏訪野繼續往下說。

「換繃帶時，看到我發現了黑色痕跡，您非常緊張。然後趁著讓花南去洗手間等等機會支開她，趁機拆下繃帶，燙傷自己消除掉黑色痕跡。就像剛剛說的，用的應該是熱水瓶裡的熱水。」

「這是因為……」

「不只這樣。昨天的嚴重燙傷，也不是不小心潑到油的意外，而是您自己動的手。掀起裙子，用油或者熱水潑在自己的右小腿上。所以送到急診時您的長裙完全沒有弄髒。」

「我為什麼要這樣燙傷自己！這麼做根本沒有意義！」

春香身體往前傾，艱難地擠出這句話。

「不，當然有意義。七年前沒有拍MRI，還有燙傷邊緣的黑色痕跡。把這兩件事放在一起想，答案只有一個。」

諏訪野說到這裡，筆直地看著春香的眼睛。

「守屋小姐，您小腿上本來有刺青吧？」

春香臉上浮現出強忍痛楚般的表情。

「MRI檢查會暴露在強大的磁力當中，而刺青的染料裡使用了鐵粉，所以有刺青的人無法進行MRI檢查。因為鐵粉會發熱、引起燒燙傷。這就是七年前您無法接受MRI檢查的理由。」

看到春香垂下肩沉默不語，諏訪野繼續用不帶感情的語氣往下說。

「燙傷邊緣的黑色痕跡，並不是髒污，而是沒有清除乾淨的刺青，對吧？」

諏訪野把問題丟給春香，但她只是將失焦的眼神投向桌面，沒有任何反應。

「為什麼這麼急切想除掉刺青呢？那應該是七年多前就有的吧？」

桃井出聲詢問，打破了這凝滯的空氣。剛才諏訪野只對桃井解釋是春香為了除去刺青而燙傷自己（桃井花了太多時間化妝，沒有多餘時間解釋）。

「接下來這只是我的猜測，我想，應該跟您和鍋島先生的事情有關吧？」

春香身體出現劇烈的顫抖。看到她的反應，諏訪野確信自己的想像是正確的，他沒說話，只是盯著春香看。春香像是放棄了掙扎，無力地嘆了一口氣。

「……兩個星期前，鍋島先生向我提出以結婚為前提的交往。」

春香的聲音小到不留神幾乎聽不見。

「我很開心。我非常尊敬鍋島先生，再加上工作時我經常帶花南去公司的托兒室，孩子經常會見到鍋島先生，也跟他很親。所以我答應跟他交往。但是同時我也有點困惑。因為實在太突然了，我有孩子，而且……」

「而且還有那個刺青。」

諏訪野替說不下去的春香說完了這句話。春香難受地皺著臉，點點頭

「對……當時我還年輕，沒想太多就刺了。在整條小腿上刺了很大的玫瑰……還有當時的男友，我前夫的名字。」

「你不想讓鍋島先生看到，是嗎？」

「不只是他，還有他的家人。下星期我要跟他父母親一起去餐廳吃飯，那間店有服裝規定。我實在沒有把握能把刺青完全藏好。鍋島先生是獨生子，他父母親是老師。我光是單親媽媽的身分就已經可能讓他父母親失望了，要是還讓他們看到刺青，那……我愈想愈煩惱，後來心裡一亂，就把熱水倒在我的小腿上……」

春香雙手摀著臉。

「刺青應該也可以用雷射消除吧？」

桃井問，春香虛弱地搖搖頭。

「我當然也查過了。但是除掉刺青算自費治療，像我那個大小可能要超過百萬……我實在沒那個錢。」

桃井面色凝重地緊閉著嘴，大概是接受了這個理由。

春香的肩膀開始顫抖。狹小的房間裡，開始迴盪著微弱的嗚咽。

「我……是不是得出院？」

過了幾分鐘，春香用那小到幾乎聽不見的聲音問道。諏訪野偷偷看著坐在身邊的桃井。桃井大大吐了一口氣。

「妳在胡說什麼？怎麼可能呢？」

「可是、我是自己……而且住院之後我還……」

「我之所以調查這次的事情，只是擔心妳還會受到危害。只要知道妳沒有危險，那就夠了。」

「您願意繼續治療我嗎？」

桃井瞪大了她充血的眼睛。

「那當然啊！我是皮膚科醫生，妳是我負責的患者。盡量把妳燙傷痕跡治療好、讓傷口恢復得漂亮是我的工作。跟妳為什麼燙傷一點關係都沒有。」

諏訪野放下了心。春香的表情也稍微開朗了一點。但桃井盯著春香繼續往下說：

「接下來我不是以醫生身分，而要以人生前輩的身分給妳一句忠告。至少，要把這次的真相告訴男友。」

「不過……」

「這……？這我怎麼辦得到呢！」

「為什麼辦不到？」

「要是他知道真相，那他……」

「會拋棄妳？妳是這麼想的嗎？」

桃井臉上浮現著慈愛的微笑。

「鍋島先生跟同一個職場的妳長久相處之後，才決定向妳求婚對吧？妳覺得這樣的人，會僅僅因為妳以前的刺青，就拋棄妳嗎？」

「可是……這次我做了傻事……還燙傷了自己……」

「如果覺得自己做了傻事，那更應該坦承事實，向對方道歉。兩個人結婚，代表要接納對方的一切。我想妳的男友一定也有了相當的覺悟。我是這麼認為的。」

春香緊抿著嘴，沒有說話。

「妳想要跟鍋島先生共度一生。所以這次才會做出這種衝動的行為。他是妳不惜如此也想在一起的對象，難道妳不應該試著相信他嗎？」

桃井站起來，走近坐著的春香，將手放在她背後。俯著頭的春香肩膀再次開始顫抖。

「當然，要怎麼決定都看妳自己。……不管怎麼樣，我們都得先把燙傷治好才行。」

桃井看了諏訪野一眼。

「那諏訪野，你先回病房準備替守屋小姐換繃帶吧。」

6

隔天中午過後，諏訪野強忍呵欠推著治療推車走在病房樓層。到了白天換繃帶的時間了。

這次事件真相大白之後，今天早上六點左右諏訪野跟桃井一起替春香換了繃帶。當時躺在病床上的春香盯著天花板，一句話也沒說。

可以強烈感受到春香正在苦惱，要不要把真相告訴男友，所以他們幾乎沒跟春香說話，安靜地換完繃帶。

時間接近下午一點。今天是星期六，說不定鍋島會來探病。

他緊張地正要走進病房，裡面一個小小人影跑出來。

「啊，花南啊。」

守屋花南聽到後停下腳步，打了招呼：「你好。」

「妳好。咦？怎麼了？媽媽不在房間嗎？」

「不是。」花南搖搖頭：「媽媽跟鍋島叔叔哭了，所以我先出來。」

哭了？該不會因為春香坦白這次的事，所以兩個人分手了吧？諏訪野急忙偷看了一眼病房，但他瞬間停下腳步。

從圍繞春香病床周圍的拉簾，可以隱約看見後方的剪影，一對男女緊緊相擁的剪影。他似乎聽見了一句：「別擔心，我原諒妳。」不覺彎起了嘴角。

「花南。」諏訪野轉過頭對花南說：「妳跟哥哥一起去談話室吧，我買果汁給妳。」

花南仰頭看著諏訪野，皺起可愛的眉頭。

「可是媽媽說不可以跟陌生叔叔走。」

「桃井醫生，我看起來很老嗎？」

把花南託給護理站後，回到醫局的諏訪野問正在桌前寫值班日誌的桃井。今天早上換繃帶時她戴著口罩和眼鏡，但現在又跟平時一樣，化好了精緻完美的妝。

「為什麼突然這麼問？怎麼了嗎？」

諏訪野告訴她剛剛在病房發生的事。聽到春香坦承了真相，鍋島也原諒了她，桃井彎起嘴角。

「能圓滿收場真是太好了。」

「就是啊，桃井醫生的結婚論，真是太精采了。」

諏訪野暗自在心裡加了一句：「幾乎難以想像妳是單身。」桃井的眼睛瞇了起來。

「你那欲言又止的樣子是什麼意思？」

「啊，沒有啦。」

諏訪野雙手急忙在胸前揮著。

「對了，那個縱火犯好像被抓了。」

桃井哼了一聲，指向醫局角落的電視。八卦節目的螢幕上正出現「連續縱火遭逮捕」的字幕。

「好像是附近的高中生好玩放的火。」

「啊？搞什麼啊，這也太誇張了吧。」

諏訪野撇著嘴，桃井促狹地看著他。

「對了對了，剛剛值班交接時見到了醫局長，他叫我拉你進我們科呢。」

「啊，我嗎？」

「對啊，說你跟女員工處得很不錯，工作也勤快，很希望邀請你加入皮膚科。」

「這……」諏訪野臉上浮現討好的笑容：「我就這麼適合皮膚科嗎？」

「不，完全不適合。」

聽到這意料之外的答案，諏訪野微微睜大了眼。

「不是要拉我進來嗎？」

「前提是假如你真的適合當皮膚科醫生的話。不過我並不覺得你適合。這次的事情，你非常仔細地聽守屋小姐說的話，也很努力在調查她的過去，最後才發現了真相。很少有人能夠對一位患者花這麼多力氣。但是皮膚科最重要的工作就是在門診時視診患者的皮膚狀態，盡快做出診斷，因為我們門診很忙。很遺憾，在我們科裡並沒有那麼充裕的時間讓你這樣一位一位仔細問診。」

「這樣啊……」

「不過事關你自己的將來，你好好考慮吧。首先要把守屋小姐的腳治療得漂漂亮亮的，讓她結婚時可以穿上露腳的禮服。」

「是！」

諏訪野信心十足地回應了對他眨著眼的桃井。

仙度瑞拉的呼吸

1

慘叫聲迴響在房中，充滿憤怒和憎恨的視線像是要貫穿他的身體。這股迫力讓諏訪野忍不住往後退。

「諏訪野醫生，抽血完了要快點放進採血管，不然會凝血的啊。如果還要再注射一次這孩子就太可憐了。」

護理師的聲音讓他回過神來，諏訪野將手上針筒內的血液移到採血管裡。這時躺在病床上的五歲孩子一直用那充滿殺意的眼睛瞪著他。

又不是我想來抽血的。真想快點回值班室睡覺。

一邊在心裡發著牢騷，諏訪野逃也似地離開病床邊。

「請把這個送去中央檢查室。」

將裝了血液的採血管交給事務員後，他瞥了一下牆上的時鐘。時間已經是凌晨三點多。

昨天早上七點多上班後，已經工作了將近二十個小時，中間沒時間小睡。全身疲累不堪，腦袋也像塞進了石頭一樣沉重。

上個月開始在小兒科受訓的諏訪野，今天晚上跟指導醫師一起值班。之前也有過幾次在小兒科值班的經驗，每次都幾乎無法小睡一直忙到早上。今天晚上也不例外，患兒接連送進來，一點喘息的時間都沒有。

「辛苦啦，諏訪野。抽血結束了嗎？」

指導醫師志村笑著問我。一頭蓬亂的頭髮和滿滿鬍碴，假如沒穿白袍看起來簡直像個遊民，不過他可是小兒科的病房主任。

「是，結束了。」

「是嗎，好，那我們來檢查吧。」

志村走近剛剛諏訪野抽完血的少年病床旁邊。

「你好啊。可以讓我『喂喂喂』一下嗎？」

志村一開口，少年雖然依然帶著警戒心，還是乖乖點了頭。志村把聽診器放在少年胸前開始診察。

自己剛剛看診的時候明明那麼害怕，專家出手果然不同。諏訪野還在佩服時，志村已經結束了診察：「你在這裡休息一下喔。」離開病床邊。

「血氧飽和度和胸部聽診都沒什麼問題，應該沒引發肺炎。可能是支氣管炎吧。看一下抽血數據，如果沒有問題就開點抗生素和退燒藥讓他回去吧。」

志村坐在電子病歷前輸入診察結果。

「總之這邊算告一段落了。抽血數據出來之前也沒有事可做，諏訪野，去睡一下吧。」

「不不不，怎麼能丟下指導醫師自己去休息呢。」

「不用在意這些，能休息的時候不休息身體會吃不消啊，小兒科的值班很吃力的。」

「確實，在目前為止幾個科的值班裡算是最忙的……」

「這也沒辦法。小孩子沒辦法好好說明自己的症狀，也不像大人可以等到早上看看狀況如何再就診；家長也是，半夜裡如果小孩身體出狀況就會很擔心，希望馬上看醫生。所以等一下到早上為止還會陸續有患者進來。現在先小睡一下等一下才能好好看診。檢查數據出來我會馬上叫你的。」

「志村醫生不用休息嗎？」

「你以為我當幾年小兒科醫生了？早就習慣了。」

志村略帶得意地彎著嘴角，催促諏訪野：「好了，你快去吧。」

正當他帶著點罪惡感，想要說「那我就恭敬不如從命」時，志村脖子上掛的PHS響起。四周頓時一陣緊張。那支PHS是直通急診的電話。講了兩三句後志村看了過來。

「抱歉啊，諏訪野，小睡取消。急診來了個氣喘發作的孩子。」

「姬井姬子，八歲。因為呼吸困難而請求急診收治。生命徵象方面給氧五公升後氧氣飽和度為百分之九十，血壓一一八、八四，脈搏一一二，呼吸數……」

諏訪野一邊聽著急救隊員的說明一邊將推床推進急診治療室。被送進來的是一名面色鐵青的少女。一對看似她父母親的中年男女神情緊張地跟在後面。

側耳靜聽，在推床車輪的聲音當中還混雜著吹笛般的「咻咻」聲震撼著鼓膜。喘鳴，這是氣管變狹窄時會有的呼吸聲。不用聽診器就能聽見，表示現在氣喘發作已經相當嚴重。

「搬到病床上吧。一、二、三。」

志村一聲令下，諏訪野和護理師、急救隊員合力將少女搬移到治療床上。

「諏訪野，抽血和建立點滴管路交給你。打上點滴後馬上給類固醇，動脈採血我來。另外再準備十公升的吸入氧氣。」

志村快速說出一連串的指示，諏訪野和護理師立刻照辦。

諏訪野緊咬著牙關準備點滴，一心只想著要快點抑制發作。

「她三歲左右就開始有氣喘，以前也住院好幾次，不過上小學之後就很少發作了。可是大概一年前左右，又開始……今年都已經住院三次了。」

氣喘送醫的姬井姬子母親姬井裕子，時不時望向躺在後方病床上的女兒，難過地這麼說。丈夫姬井洋介站在她身邊，溫柔輕撫著裕子的背。

「今天為了保險還是先住院吧，這次發作滿嚴重的。不過現在已經脫離險境了，您可以先放心。」

志村柔聲這麼說，裕子緊繃的表情這才稍微放鬆。

送醫的少女經過氧氣吸入和點滴治療後症狀漸漸改善，現在呼吸已經恢復到不給氧也沒問題的狀態。看到少女從呼吸困難中獲得解放、沉沉睡去，志村和諏訪野開始詢問在一旁不安看著治療過程的少女父母親。

「對了，您好像是第一次來我們醫院？」

志村操作著一旁的電子病歷系統，輕聲問道。

「對，平時都在我家旁邊的小兒科診所拿藥。以前都在附近綜合醫院住院，可是今天晚上那間醫院人很多，沒辦法看診。」

「所以才送到我們這邊來啊。」

「對，這樣突然來就診真的很抱歉。」

「您不用在意這些。先減輕您女兒症狀、讓她不再難受比較重要。總之接下來的計畫是我們先確認發作完全平息下來，然後……」

志村開始語氣輕柔地說明。姬井夫婦也安心地專注聽著。

能讓父母親這麼安心，也是小兒科醫生的一種實力吧。諏訪野在一旁側眼觀察著志村說明病狀的樣子。

「接下來護理師會跟兩位說明住院的細節。對了，您知道現在姬子內服藥的內容嗎？」

說明完後志村這麼問，裕子急忙翻找她的包包。

「我帶了用藥紀錄來。」

「那麼我先借用一下。」

志村從裕子手中接過用藥紀錄，輕輕點了頭離開座位，走向姬子的病床。諏訪野也跟在志村身後。

「嗯，藥開得滿重的。類固醇、β刺激劑吸入劑，還有抗白三烯藥物跟茶鹼製劑。發作這麼嚴重的氣喘，難怪會這樣開藥。」

志村看著用藥紀錄。

「茶鹼製劑最近好像不常用？」

「因為效果不太高，而且會提高血中濃度還有引起嘔吐等副作用。但是上了年紀的醫生很常開。諏訪野，檢查項目追加一項血中茶鹼濃度比較安心。」

「是，我知道了。」

「那得快點辦好姬子的住院手續。然後確認完剛剛那個支氣管炎孩子的檢查數據，這次就真的可以小睡……」

志村說到這裡，中年護理師大步朝他走過來。

「志村醫生，您治療這孩子的時候來了五位患兒，現在都在候診室等著。這邊告一段落的話麻煩您過去。」

護理師說完馬上轉身離開。志村搔著太陽穴。

「啊，諏訪野，抱歉啊……」

志村把用藥紀錄交給諏訪野。

「知道了，住院手續我會辦好的。結束之後我再去幫忙看診。」

諏訪野垂下肩，放棄了小睡的念頭。

早上八點，值班時間結束，跟志村一起完成了交接的諏訪野拖著如鉛般沉重的雙腿爬上小兒科病房。志村的門診九點開始，他打算趁志村不在病房的上午時間，完成最低限度的業務。

熟識的病房護理師看了調侃他：「你怎麼臉色跟殭屍一樣？」諏訪野細長的身體左右搖晃著穿過護理站，坐在電子病歷系統前。

「對了，諏訪野醫生，剛剛住院的姬井姬子，點滴快打完了，要繼續嗎？」

剛剛調侃他的護理師，轉換上嚴肅的語氣問道。

「啊，姬子的點滴啊。該怎麼辦好呢……等我一下喔。」

諏訪野點選姬子的病歷，顯示在急診抽血的結果。早上五點多辦完住院手續後陸續有患兒進來，他還沒來得及確認姬子的數據。

白血球有點增加，也沒有太嚴重的發炎症狀。氣喘發作的原因大概是呼吸器感染吧。總之應該沒有必要馬上停掉抗生素吧。

一邊在腦中整理病情，一邊滾動畫面看著檢查數據的諏訪野，忽然停下了手指。

「……咦？」

「怎麼樣？決定好姬子的點滴了嗎？」

護理師催促著，但他沒能回話。視線聚焦在其中一個檢查項目上。

「為什麼會……」

諏訪野盯著螢幕，整個人愣住。

2

「沒檢查出茶鹼？」
志村停下手上的筆反問，諏訪野對他點點頭。
「對，我也向中央檢查室確認過了，姬井姬子血中茶鹼濃度是零。」
結束上午負責患者的查房還有病歷填寫、點滴和內服藥處方等業務後，諏訪野來到一樓小兒科門診，結束門診的志村此時正在填寫診斷書。
「所以姬子沒有服用茶鹼？」
「我想應該是這樣。會不會是因為服用之後的副作用太不舒服，所以停藥了？」
「如果是這樣，那昨天她母親應該會交代才對。」
志村偏頭不解，沉默了數秒之後低聲說：
「……沒服用的只有茶鹼嗎？」
「什麼意思？」
「你也看過姬子的處方了吧。負責醫生給的藥很足，通常如果吃了那些藥，應該不會有那麼嚴重的發作。就算有，頂多就是感染症導致的呼吸道嚴重發炎症狀。」
「可是從血液數據來看，並沒有感染的現象。」
「對，當然還要看咽頭和痰的培養結果才能確定，不過從檢查數據來看確實不太像感染。可是她送來急診時卻出現了強烈的氣喘發作，所以我忽然想到，會不會不只茶鹼，其他的藥她也完全沒吃呢？」
「啊？這不可能吧。」
「她母親的說明讓我覺得有些奇怪。小兒氣喘隨著年齡增長，通常症狀會愈來愈輕。姬子剛上小學時也幾乎沒有發作過。但是從一年前起症狀開始惡化，反覆住院。」
「不過那可能是因為生活環境改變吧？比方說搬到空氣比較不好的區域之類的……？」
「我本來也這麼想，但是如果沒檢查出茶鹼，也很有可能是自行停藥。」
自行停藥，擅自判斷停止服用必須服用的藥物。結果很可能導致本來緩和的症狀再度復發，甚至更加惡化。
不過那位母親會這樣嗎……看起來很擔心女兒、臉色慘白的姬井裕子。諏訪野實在不覺得她是個會自行停藥的母親。

「不管怎麼樣，總之先跟姬子的父母親談談吧。我診斷書快填完了，你先去病房等我。」

「……好。」

帶著紊亂的思緒，諏訪野離開小兒科門診回到病房。

搭電梯上了小兒科所在的七樓，走向護理站，背後傳來一聲：「啊，諏訪野醫生。」轉過頭，一位身穿西裝的中年男子正笑著小跑步過來。

本來以為是不是哪位住院患者的父親，但他馬上想到，探病時間下午兩點才開始。

「您是……」

「啊，您忘了嗎？真令人傷心。我是百治製藥的MR，灰崎啊。」

聽完男人開朗地自我介紹，他瞬間想起對方是誰。MR，也就是藥商的業務代表。

「啊，你好……」

諏訪野含糊地打了聲招呼。MR會在醫局、門診、病房樓層等醫院四處埋伏等待醫生，逮到人之後便開始積極介紹公司產品。明知道這是他們的工作不好苛責，但是像今天這樣剛值完班滿身疲憊時，實在沒有多餘力氣去應付他們。

「前幾天在呼吸器內科跟您介紹過敝公司的製品，那個產品現在已經獲得許可、能用在兒童身上，所以也想來向小兒科醫生介紹一下。」

灰崎殷勤地說道。

「喔，不過你跟我這個PGY講也沒什麼意義。給藥內容基本上都是指導醫師決定的。」

「您明年開始也會成為隸屬某一科的正式醫生啊。到時候希望敝公司的產品可以對您的診療幫上一點忙。」

「所以你這算是未雨綢繆嗎？」

諏訪野苦笑著說。

「那你要介紹的是什麼產品？」

「吸入型的類固醇劑。」

一聽到灰崎這麼回答，他馬上聯想到一件事。

「類固醇劑……對了，方便請教一下嗎？」

諏訪野邀灰崎進了旁邊的病情說明室。灰崎以為他願意聽自己說明產品，堆了滿臉笑意快步進了房間。

走進這間平時用來向患者和家屬說明病情的兩坪多小房間，諏訪野面對灰崎坐定。

「我有些事想要請教。」

「是，什麼事呢？啊，對了，這是我們產品的簡介。」

灰崎從手中紙袋抽出產品宣傳資料，遞給諏訪野。

「跟過去的製劑相比，類固醇的粒子更小，可以確實擴散到末梢的肺胞——」

「啊，請等一下。」

諏訪野急忙打斷開始推銷自家產品的灰崎。

「你知道這個嗎？」

諏訪野從白袍口袋取出姬井姬子的用藥紀錄，指著上面記載的類固醇吸入劑。灰崎皺起眉頭。

「嗯，這個我知道，不過我們公司這個產品的抗炎症效果更——」

「產品說明我等等會聽。」

諏訪野制止了正想要從紙袋裡取出資料的灰崎。

「假如用這個藥的患者突然停止吸入會怎麼樣？」

「啊？突然停止用藥嗎？」

灰崎瞪大眼睛看著用藥紀錄。

「對一個八歲孩子看起來已經開到最大的用藥劑量，可見症狀相當嚴重。假如一個用藥這麼重的孩子突然停止用藥，那可能有氣喘嚴重發作或者重積性氣喘的風險。」

灰崎的語氣一反之前的輕鬆，變得低沉嚴肅。

「果然是這樣。」

MR對於自己負責藥物具備的相關知識遠遠超過醫生，既然他這麼說，看來應該不會有錯。諏訪野道了謝：「謝謝您。」正要離開房間。

「請問，那孩子真的停藥了嗎？」

灰崎這麼問，但諏訪野只是曖昧一笑便離開了病情說明室。他不能擅自對其他人透露患者的詳細個人資訊。來到小兒科病房的護理站，志村已經坐在電子病歷系統前。

「啊，諏訪野，你去哪裡了啊？」

「不好意思，剛剛被MR逮到了。」

「MR？真是的，醫局或門診也就算了，我明明交代過他們不要來病房的……」

志村一臉不悅，從椅子上起身。

「那我們先去看看姬子吧。」

諏訪野跟著志村一起走向姬子的單人病房。

「妳好啊，姬子。」

敲了門後打開，三坪大小病房裡，躺在病床上的少女撐起上半身。

「我是負責姬子的志村。這位是跟我一起照顧妳的諏訪野醫生，請多多指教啊。」

志村溫和的語氣讓對方感到安心。少女臉上瞬間浮現的緊張神情也馬上消失。

「我是姬子，請多多指教。」

姬井姬子很有禮貌地低下頭。剛被送來的時候因為痛苦而表情扭曲所以沒發現，其實她長得很可愛。小小的臉蛋上有一對大眼睛、形狀漂亮的鼻子，以及一頭及肩黑髮，看來應該很受班上男同學歡迎吧。剛開始聽到她全名有兩個「姬」字，還覺得有點奇怪，但是再看到她的臉又覺得很合理。

「現在應該不難受了吧？身體還好嗎？」

志村長滿鬍碴的臉上掛著笑，姬子略略垂下眼。

「現在可以正常呼吸了，不過身體還是有點……不舒服。」

「這也難怪，畢竟之前發作得那麼厲害。可能得多住院幾天，不過我會把妳徹底治好的。」

「好！」

姬子抬起頭，很開心地回話。

「姬子，我有點事想問妳。」

志村稍微壓低了聲音。

「氣喘藥妳都有按時吃吧？」

姬子瞬間面無表情，但她馬上又重新露出笑臉。

「爸爸媽媽每天給我的藥，我都有好好吃。」

「這樣啊，都是爸爸媽媽拿藥給妳的啊。」

「對啊。」

「那昨天跟前天，是誰拿藥給妳的？」

「是爸爸。」

姬子清楚地回答。志村微笑著點點頭。

「這樣啊，謝謝妳告訴我。那可以讓我聽一下胸部的聲音嗎？」

志村替臥床的姬子聽診，然後說了聲：「謝謝。那妳好好休息啊。」便離開了病房。

「呼吸聲完全沒問題，點滴應該可以停了。晚上開始可以切換成內服藥跟吸入劑繼續控制。」

「好的。所以，關於藥的事……」

走在身邊的諏訪野這麼問，志村搔著他一頭亂髮。

「她本人說父母親給的藥都吃了，如果是真的話……」

說到這裡，志村猛一抬頭。諏訪野也受他影響望向前方，一位面熟的中年女性剛好走進病房樓層。是姬子的母親，姬井裕子。下午兩點，探病時間開始了，她應該是來看姬子的狀況。

發現志村和諏訪野的裕子小跑步過來。

「請問姬子現在狀況怎麼樣？」

「您不用擔心。她現在呼吸狀態很好，藥確實發揮效用，看起來也沒有其他感染症。再觀察個兩三天應該就可以出院了。」

「是嗎，謝謝您。」

聽了志村的回答，裕子放心地呼出了一口氣。

「能請教一件事嗎？平時是由誰在管理姬子的用藥？」

「啊？管理用藥嗎？早上是我、晚上是我或者我丈夫，有空的人會拿藥給姬子，因為我們兩個人都得工作。」

「那昨天跟前天晚上，是誰把藥給姬子的？」

志村瞇起了眼。姬子晚上的用藥包含了一天一次的類固醇吸入劑和茶鹼等防止支氣管發炎的內服藥。比起早上，晚上的藥更加重要。假如幾天沒有服用晚上的藥，就可以理解為什麼會像這次一樣這麼嚴重地發作，也可以解釋為什麼血中茶鹼濃度為零。

「昨天跟前天……應該是我先生拿藥給姬子。這一星期我工作很忙，回家比較晚……」

裕子有點遲疑地開口。

「該不會他拿了錯的藥給姬子？」

「不不不，不是這樣的。我們只是想確認一下，您不用放在心上。不好意思叫住您，請去看看姬子吧。」

「喔。」

裕子含混地回應後，輕輕點了頭離開。目送著她的背影，諏訪野小聲說道：

「該不會是她爸爸……」

「……不知道。」

志村的聲音透露出他的苦惱。

身體好輕盈。

隔天星期六下午，諏訪野踩著輕鬆的腳步走向小兒科病房。昨天值班完，整天都覺得身體沉重、無法好好思考，不過好好睡了一晚之後現在體力跟精神都恢復了。

純正醫大附設醫院週末的工作型態跟平時一樣，諏訪野上午去觀摩志村的乳兒健診，告一段落後來到病房。

「啊，諏訪野醫生。」

經過護理站前時，正忙著寫護理日誌的年輕護理師叫住他。

「什麼事？」

「醫生，姬子是您負責的吧？這個能不能請您交給她？」

護理師從制服口袋拿出幾張便箋。

「這是什麼？」

「剛剛來了幾個姬子學校的同學，我告訴他們無法探病，他們就留下這個要我轉交。」

小兒科病房為了防止患者還有探病訪客雙方受到感染，不接受十二歲以下孩童的探病。朋友在不知情下來探病，只好留下了問候信。

諏訪野看了那些信。上面除了「給姬子」「小姬」、「致姬子」等等收信人名，還有幾個帶著稚氣、有些歪七扭八的文字寫著「給仙度瑞拉」

「仙度瑞拉……？」

「好像是姬子的綽號，來探病的孩子們說的。」

畢竟名字裡有兩個「姬」字，長相又不輸給名字的可愛，也難怪會被取這樣的綽號。正想到這裡，遠方傳來一聲大喊：「諏訪野醫生！」一看，一名資深護理師正在走廊盡頭用力揮著手。

「怎麼了？」

「快點！姬子狀況不對！」

護理師滿臉通紅地大叫。

「姬子!?」

諏訪野把便箋塞進口袋裡拔腿狂奔。他穿過護理師身邊衝進病房時，姬子正一臉痛苦地按著胸口。就連隔了幾公尺遠的諏訪野都能聽到她咻咻的激烈喘鳴。

跟送來急診時的狀況一樣，氣喘發作了。諏訪野急忙轉回頭。資深護理師和代收便箋的年輕護理師站在眼前。

「馬上給氧氣。建立點滴管路、給類固醇。還有支氣管擴張劑和類固醇吸入劑。馬上聯絡小兒科門診請志村醫生過來。」

當上PGY後這一年幾個月的經驗，讓他知道現在該採取的行動。收到指示的護理師點點頭，很快開始行動。

「不要緊的姬子，馬上就不難受了。」

諏訪野走近病床邊，替姬子擦掉她額頭浮現的冷汗。

「怎麼會發作這麼嚴重呢……」

志村在病房入口喃喃輕聲道，視線望向躺在病床上，已經發出平靜呼吸聲睡著的姬子。

在諏訪野確實的治療下，姬子的發作馬上平息。不知道是呼吸變得輕鬆所以放下了心，還是發作耗盡了體力，姬子大概在十五分鐘前沉沉睡去。

「是不是太早停掉點滴了？」

聽諏訪野這麼問，志村按著眼角。

「或許吧，但是根據我的經驗，之前的發作已經那麼穩定地控制下來，就算停掉點滴，光靠內服和吸入劑理應能控制住才對。」

志村緊抿著嘴。病房裡氣氛凝滯。這時，輕敲門聲響起，房門打開。

「姬子的血液檢查結果出來了。」

年輕護理師遞出一張檢查結果。開始治療時，諏訪野建立點滴管路的同時，為了以防萬一也抽了血。

「還有，昨天那位MR說有話想跟諏訪野醫生說，到病房來了。」

「你告訴他我現在沒空，過幾天再聽他說。」

他板著臉這麼說，護理師應了聲「好」，離開房間。

「真是的，怎麼挑這麼忙的時候來。」

一邊發牢騷一邊看著檢查結果，諏訪野不禁從喉嚨發出低鳴。

「怎麼了？」

志村好奇地問，諏訪野用顫抖的手指指向檢查結果的某一處。志村瞪大了眼睛。

「茶鹼」項目上寫著「0」。跟昨天一樣。

「這怎麼可能？我昨天為求保險，還在晚餐後的處方裡也開了茶鹼。怎麼會……」

志村低聲沉吟。

「該不會……」

諏訪野搖晃著身子走進病房，小心不吵醒姬子，蹲在病床旁。那裡放著一個小垃圾桶。

他仔細地取出裡面的垃圾。

「你在做什麼？」

「……志村醫生，你看這個。」

諏訪野指著垃圾桶的底部。好幾顆藥錠被丟在那裡。

「這是怎麼回事？」

志村坐在護理站裡的椅子上，焦躁地搔著頭髮。白色頭皮屑翩翩飛落。

發現藥被丟在垃圾桶的諏訪野和志村，把那些藥回收之後回到護理站。

「姬子昨天晚上沒吃藥，所以今天氣喘又發作了。應該是這樣吧？」

志村對坐在旁邊椅子上的諏訪野投以銳利的視線。

「這我也看得出來，問題是她為什麼要把藥丟掉。」

「也對……」

諏訪野點點頭，轉過頭去問剛剛交給他便箋的年輕護理師。

「昨天是誰負責姬子的？」

「啊？是我啊。」護理師指著自己。

「所以也是妳拿藥給姬子的？」

「對，是我。」

「妳是直接交給姬子嗎？」

「沒有。當時剛好她父母親來探病，我就交給媽媽了。有什麼問題嗎？」

「不，沒有問題，但是我想確認一下，妳拿出藥的時候，姬子的爸媽都在場，對嗎？」

「對啊，一家三口都在。看起來感情很好呢。」

回答完後，護理師又回到自己的工作上。

「父母親給她的藥，最後被丟在垃圾桶裡……」

志村聲音乾澀地輕聲低喃。

「這表示可能是父親或母親其中一個人丟掉的。」

「也有可能是父母親共謀。」

「這怎麼可能！再說了，她父母親為什麼要把藥丟了？」

志村盯著藥開口道。

「有兩個可能的原因。第一是他們對醫療抱持強烈的不信任，認為用藥不能治好女兒的病，甚至會讓病情惡化，這時候他們可能抗拒醫生開的藥。實際上確實有不少人受到毫無根據的書籍或者謠言影響，有類似的想法。」

「那姬子的父母親也……」

「不，我想他們應該不是。否則就無法說明他們為什麼讓姬子定期到附近診所就診的行為。敵視醫療的人，基本上應該不會想靠近醫療設施。我最懷疑的是第二種可能……也是最糟的可能。」

「最糟的可能？那是什麼？」

諏訪野嚥了口口水，志村從喉嚨深處擠出聲音。

「代理型孟喬森症候群（Munchausen syndrome by proxy）。」

「代理型孟喬森症候群，你是說精神科的……」

諏訪野頓時語塞，志村沉重地點點頭。

「沒有錯，那是一種精神疾病。孟喬森症候群的患者為了吸引周圍的關心或同情，會傷害自己的身體或者表現出身患重病的樣子。而代理型孟喬森症候群如同字面上的意思，是企圖透過傷害自己的『代理人』，讓別人看到自己為這個人犧牲奉獻、照顧他的樣子。而最常成為『代理人』的……就是自己的孩子。」

一股寒意竄過背脊。

「您的意思是說，因為父母親故意不給她服藥，姬子的氣喘才會發作嗎？」

「從目前的狀況看來，我覺得這個可能性很高。」

「那之後我們該怎麼辦？」

「假如他們明知道不吃藥氣喘會發作而沒有給藥，那麼就屬於醫療忽視（medical neglect），可以視為虐待的一種。這時候醫院就需要通報警察和兒童諮商所。」

「但是我們手上並沒有證據……」

諏訪野有點躊躇地低聲這麼說，但志村卻犀利地瞪著他。

「只要有一點點虐待的可能性，就算還沒有明確證據也要通報，這是基本原則。等到事情發生難以挽回才採取措施就太遲了。」

「難以挽回……」

「很多代理型孟喬森症候群的行動會愈來愈激烈，必須盡早做出因應才行。」

「請問……假如真的是代理型孟喬森症候群，那丟掉藥的會是父親還是母親呢？」

「這個嘛……從狀況來看，我覺得是父親的可能性比較高。前提是如果相信昨天母親所說，最近晚上的藥都是由父親交給姬子。而且昨天護理師給藥的時候，父親人也在現場。」

聽著聽著，諏訪野想起姬子被送來醫院當時的情景。當時父親很擔心地看著躺在推床上的姬子。真的是他拿走了姬子的藥嗎？

「啊，姬子。」

護理師尖銳的聲音打斷了諏訪野的思路。一看，姬井姬子正站在護理站外面。

「怎麼跑出來了呢，要乖乖在房間休息啊。不難受嗎？」

護理師急忙跑向姬子。姬子點點頭：「嗯，不難受。」然後將視線轉了過來：

「醫生，我明天就得回家嗎？」

志村站起來走到姬子身前，蹲到跟她視線同高的位置。

「沒有這回事。姬子還要慢慢在醫院裡治療，直到妳病完全好了才行啊。」

看到姬子原本不安的表情頓時一亮，諏訪野無意識地將手放進白袍口袋，摸著口袋裡那幾張便箋。

便箋上寫的收信人「仙度瑞拉」，一開始他以為只是個很適合姬子可愛長相的綽號。但說不定，這個稱呼的背後藏著可怕的原因？

仙度瑞拉被繼母虐待，過著悲慘的生活。難道姬子在家也受到殘忍的對待？所以知道還得繼續住院的姬子才會這麼開心？

這時他突然發現一件事，諏訪野忍不住「啊！」地叫了一聲。他對轉過頭來的志村說了句：「沒什麼。」搪塞了過去，但自己繼續在腦中整理剛剛想到的事。

仔細想想，除了父母親之外還有一個人有可能把藥丟掉，那就是姬子自己。就算拿了藥，也可以不吃悄悄地丟掉，或者假裝在吸入。父母親應該也萬萬沒有想到她會把藥丟掉，要趁隙做這些事應該不難。

為什麼要自己把藥丟掉？答案很簡單。因為她知道這麼一來就可以因為氣喘發作而住院，也就是能夠逃離家裡。在家受到虐待的姬子為了能逃進醫院刻意不吃藥。昨天把藥丟掉，也是因為如果不這麼做就馬上得出院回家的緣故。

他腦中盤旋著可怕的想像。

「姬子，妳喜歡媽媽嗎？」

志村的聲音讓諏訪野回過神來。正在對姬子說話的志村臉上雖然帶著笑，但是眼睛裡卻帶著嚴肅認真的光。他一定是想確認姬子在家有沒有受到虐待吧。諏訪野嚥了口口水，靜待姬子的反應。

「嗯，我最喜歡媽媽了！」

姬子露出天真的笑容。極其自然的態度讓諏訪野稍微鬆了口氣。至少她看起來並沒有受到母親的虐待。

「那妳喜歡爸爸嗎？」

志村接著問。姬子的視線游移了一會兒，最後還是笑著點頭。

「嗯，喜歡。」

雖然不如剛剛回答得明快，但姬子的樣子看起來並沒有什麼不自然。可是為什麼停頓片刻才回答，確實令人好奇。

「這樣啊。姬子也很喜歡爸比啊。」

諏訪野又問了姬子一次。

「對啊，我最喜歡爸比了！」

這次姬子一點遲疑都沒有，很有精神地回答。從她的態度裡一點都感覺不到勉強。假如受到父母親任何一方的虐待，應該不可能得到這麼正面的答案吧。

確認事實不如自己的想像之後，諏訪野鬆了一口氣。但現在還無法完全安心。就算沒有受到直接的虐待，也有可能如志村所猜測，在她本人沒有察覺之下遭受到醫療忽視這種虐待，目前還無法完全否定這個可能性。

「對了，媽咪跟爸比很快就會來看妳了喔。」

聽到志村這麼說，姬子的表情頓時開朗了起來。剛剛替姬子完成治療後，諏訪野他們向姬子父母親報告了她發作一事，驚訝的他們表示馬上要趕來醫院，掛斷了電話。

「爸比今天也會來嗎？」

「嗯，今天是星期六不用上班，一定會來的，所以妳快回病房等他們吧。」

在志村催促下，姬子精神飽滿地答了聲「好！」轉身回房。這時諏訪野想起受託的便箋。

「啊，姬子，等一下，妳朋友寫信給妳了喔。」

他從口袋裡取出便箋，交給停下腳步的姬子。姬子「哇！」地驚叫一聲，非常開心地收下。

「朋友都叫妳『仙度瑞拉』呢。」

「對啊，從幼兒園開始大家就這樣叫我。」

諏訪野看著有點羞澀的姬子，發現自己猜想她受父母親虐待才有這個綽號的想像，完全大錯特錯。

「這樣啊，好可愛的綽號。」

姬子臉頰微微泛紅，很有禮貌地低頭行了一禮後回到自己病房。

「……好吧。」

志村換上凝重的表情站起身來，慢慢走回護理站，拿起話筒。

「請問……您還是打算通報嗎？姬子剛剛說，她很喜歡爸爸媽媽……」

諏訪野縮著脖子說道，志村維持僵硬的表情，收起下巴。

「很多代理型孟喬森症候群的被害人，都不會察覺到自己受害，所以也不會討厭對方。」

志村按下總機號碼。

姬子真的是醫療忽視的受害者嗎？是因為她的父母親沒有給藥，才導致她發生了嚴重氣喘？

陷入沉思的諏訪野腦中，浮現起姬子朋友們寫的便箋收件人。

「給姬子」「仙度瑞拉」「姬子收」「給小姬」

諏訪野深吸了一口氣，伸手向志村正在跟總機對話的分機，切斷了通話。

「你、你這是做什麼？諏訪野？」

搞不清楚狀況的志村轉過來看著諏訪野。

「志村醫生，我知道是誰、為什麼把藥丟掉了。」

3

「不好意思，讓您久等了。」

打開病房樓層一隅病情說明室的門。兩坪多的小房間裡，志村和姬子的雙親已經面色凝重地坐在裡面。

「到底怎麼回事？為什麼把我們帶到這種地方來？請快點說清楚吧。」

姬井洋介不悅地說。隔著桌子對坐的志村也板著臉，點點頭說道：「姬井先生說得沒錯。」

十幾分鐘前，發現事件真相的諏訪野正要向志村說明，姬井夫婦已經來到醫院。慌忙之下諏訪野只好把兩人和志村帶到這間病情說明室來，請他們在這裡等待。

「對不起，實在是因為跟各位說明之前，有件事非弄清楚不可。」

諏訪野縮了縮脖子，坐在志村身邊。

「非弄清楚不可的事？先別管那些，聽說姬子又發作了，怎麼會這樣呢？」

坐在諏訪野正對面的裕子語氣裡帶著譴責。諏訪野瞥了一眼坐在身邊的志村。原本對父母親說明病情，應該由主治醫生志村來負責。但是時間緊迫，他還沒能把詳細經過告訴志村。

志村跟諏訪野對上眼後輕輕點了點頭，意思應該是允許由諏訪野來說明。

通常醫院不會像現在這樣將有虐待疑慮的案例交由PGY來主導對話。諏訪野感動於指導醫師對他的信賴，慢慢開了口。

「一個半小時左右前，姬子的氣喘又發了，我們進行了點滴和吸入治療，現在發作已經平息，症狀也穩定下來了。」

「她人都已經住院了，為什麼還會發作呢？昨天醫生不是說過，已經不太可能再發作，所以可以先靠吃藥和吸入劑，再觀察狀況嗎？」

裕子口氣很強硬。

「沒有錯。但是姬子並沒有吃下那些藥。」

「沒吃藥？」

裕子皺起眉頭，諏訪野大大點了點頭。

「是的，根據我們剛剛抽血的數據中，她的血液中並沒有檢測出昨天開出的茶鹼。也就是說，昨天晚上給的藥，她並沒有服用，今天才會再次發作。」

「怎麼會……該不會是檢查出了什麼差錯吧？」

「不，檢查結果沒有錯。因為我剛剛在病房的垃圾桶裡，發現了昨天傍晚開的藥。」

諏訪野平靜地說明到這裡，裕子和洋介瞪大了眼睛說不出話來。諏訪野繼續往下說。

「對了，當時送到急診的抽血數據裡，也沒有檢測出茶鹼。換句話說，她很可能是因為在家裡也沒有吃藥，這次才會氣喘發作。」

諏訪野說到這裡停了下來。狹窄的房間裡籠罩在一片鉛一般沉重的沉默中。

「你問過我，昨天是誰在管理姬子的藥對吧……」

裕子顫著聲音，從椅子上起身。

「該不會是在懷疑我們沒有給姬子吃藥吧。」

「那個……請您冷靜一點。」

諏訪野被裕子這股洶洶怒氣嚇到有些退縮。

「你叫我怎麼冷靜？我們有什麼理由這麼做？明知道不吃藥姬子會發病啊！」

裕子整張臉泛紅，布滿血絲的眼睛裡大概因為不甘而泛著淚。坐在她身邊的洋介也憤怒地站起身來。

「關於這件事接下來諏訪野醫生會向兩位解釋，請先坐下吧。」

正當諏訪野陷入慌亂、感到不知所措時，志村氣沉丹田，穩重地這麼說。姬井夫妻有一瞬間彷彿也被鎮住，表情僵硬，接著才滿不情願地坐回椅子上。

「那麼諏訪野醫生，請繼續吧。」

志村客氣地這麼說。諏訪野發自內心充滿感謝地對指導醫生說了聲「謝謝！」然後望向裕子。

「首先我想跟您確認一件事，方便嗎？」

「……什麼事？」

裕子還是不情願地嘟囔。

「我的問題可能有點冒昧，請問兩位是姬子的親生父母嗎？」

夫婦兩人的表情頓時僵住。諏訪野觀察他們的反應，繼續往下說。

「今天姬子的同學們寫了問候信來，看到信上收件人的名字我才發現，沒有一個人寫上姬子的姓。另外，姬子在自我介紹的時候，也從來沒說過自己的姓。我本來以為，『姬井姬子』這個名字，是刻意用了兩個『姬』字，不過——」

「沒有錯，我先生不是姬子的親生父親。」

裕子口氣僵硬地打斷了諏訪野。

「我三年前離了婚，姬子由我撫養。去年跟洋介再婚之前，我的舊姓是『近藤』。」

「很抱歉問了這麼冒昧的問題。」

諏訪野稍微低下了頭。

「我想再確認一點，姬子開始因為氣喘住院，是在兩位結婚之後對嗎？」

「這又怎麼了嗎？你該不會以為是我先生把姬子的藥丟掉吧？怎麼可能！我先生非常疼愛姬子，姬子跟他也很親。」

「這我知道。剛剛姬子也說了她『喜歡爸爸』。我並不認為是洋介先生把藥丟掉，當然，也不可能是裕子小姐。」

諏訪野篤定說完後，姬井夫妻的表情這才稍微柔和了一些。

「那到底是誰把藥……？」

一直認為應該是父母親其中之一的代理型孟喬森症候群導致這次事件的志村，困惑地發問。諏訪野深深吐了一口氣，他慢慢環望這間房間裡三個人的臉。

「是姬子本人。姬子假裝吃了藥，偷偷把藥丟掉。」

「姬子？」

洋介訝異地問。

「是的，沒有錯。除此之外沒有別的可能。」

諏訪野大大點了頭，裕子再次起身。

「等一等！姬子為什麼要這麼做？她自己應該也很清楚，如果不吃藥氣喘會發作啊？」

「這就是她的目的。氣喘發作，進醫院住院。這就是姬子把藥丟掉的原因。她昨天丟掉藥，也是因為擔心馬上得出院。回想起來，剛剛當我們告訴姬子可能得繼續住院時，她表現得非常開心。」

「怎麼會……」洋介顫抖地說道：「姬子就這麼不想待在家裡嗎？她不惜讓自己這麼難受，也要離開家嗎……？沒想到她這麼討厭我……」

裕子連忙將雙手放在丈夫抖動的肩上。

「不！姬子怎麼會討厭你。一開始她確實有點緊張，但是現在她已經把你當成真正的父親了。」

「那她為什麼寧可住院也要離開家呢？」

洋介雙手摀著臉，頹然低頭，諏訪野對他說：「不是這樣的。」洋介緩緩抬起頭。

「什麼意思？」

「雖然不像被問到媽媽時回答得那麼快，但是剛剛姬子也說了，她喜歡爸爸。假如是寧可引發氣喘也想避開的人，我想孩子是不會這麼說的。姬子絕對沒有討厭洋介先生。姬子並不是想離開家，而是想來醫院。」

「我聽不懂你的意思？為什麼寧可難受也想住院呢？」

裕子緊迫追問的同時，敲門聲響起。房門慢慢被推開，一個穿西裝的中年男子走進房裡。

「不好意思，諏訪野醫生，讓您久等了……」

說到這裡，男人瞬間渾身僵硬。

「你、你為什麼……」

裕子愕然地張著嘴，用她顫抖的手指指向男人。諏訪野望向走進房內的男人。

「你好，灰崎先生。你就是姬子的『爸比』吧。」
諏訪野對昨天在這間房間裡交談過的MR這麼說。
「爸比？這是什麼意思？」
志村緊皺著眉。
「這是百治製藥的MR灰崎先生，志村醫生應該也見過吧？」
在諏訪野的介紹之下，志村按著額頭，似乎覺得頭很痛。
「我確實認識灰崎，他經常來醫局跑業務。但是他現在為什麼會出現在這裡……？」
「喔，是我請他來的。昨天我拿了他的名片，而且剛剛護理師說一位MR有事找我，說的就是灰崎先生。」
「你請他來？為什麼？」
「因為灰崎先生跟這次的事情有很密切的關係。」
「等、等一下。我完全搞不懂現在的狀況。你能不能從頭開始解釋？」
志村虛弱地搖搖頭。
「好的。我會發現這一點，是因為身為MR的灰崎先生今天也到醫院來了。基本上MR週末不上班，但是他卻在今天這個星期六來到醫院，留下有事找我的口信。也就是說，他想談的事跟本業的藥物無關。另外一個線索就是姬子的綽號『仙度瑞拉』。」

「仙度瑞拉？那又怎麼了嗎？」

「仙度瑞拉，也就是『灰姑娘』，很多繪本裡都會以『灰姑娘』來稱呼『仙度瑞拉』。」

「該不會……」

「沒有錯，『灰崎姬子』，這就是姬子幼兒園時的全名，對吧？我想就是因為這樣，看到『灰姑娘』繪本的孩子，才會幫她取了『仙度瑞拉』這個綽號。」

諏訪野測眼看向裕子。

「……是的，灰崎確實是我的前夫，姬子的生父。」

裕子語氣僵硬地回答，一邊用銳利的視線瞪著灰崎。

「是你把姬子的藥丟掉的？是你害姬子變成這樣的？」

灰崎緊抿著唇，不發一語。

「果然是你！你為什麼要……」

裕子進逼到灰崎面前，雙手揪住他西裝衣領。

「不是的，裕子小姐，灰崎先生沒有做這種事。而且，根據我的猜測，您再婚之後，灰崎先生應該再也無法見到姬子，對吧？」

聽諏訪野這麼問，裕子立刻露出有些尷尬的表情。

「我擔心有兩個父親會讓姬子覺得混亂，所以……就請他別跟姬子見面，他也答應了。畢竟這都是為了姬子好。」

「或許答應了吧，但是對女兒的感情不可能這麼輕易就割捨吧？灰崎先生，您就是在這種時候聽到女兒因為氣喘而住院的消息，對嗎？」

在諏訪野的引導下，一直保持沉默的灰崎這才緩緩開口。

「……對，沒有錯。當初我們約定好，我答應不見面，但是一定要把姬子的狀況告訴我。……一聽說姬子住院，我實在坐立難安，就避開裕子的目光偷偷去了姬子的病房。多虧了MR這份職業，讓我在探病時間之外也能自由出入病房。」

「我想可能是因為一年前母親再婚，生活環境劇烈的改變帶來壓力，讓姬子氣喘發作而住院。但是這麼一來，她就能在醫院見到最愛的『爸比』。於是姬子想到了這個方法。只要不吃藥住進醫院，就可以見到爸比了。」

「怎麼會……」裕子手摀著自己的嘴。

「灰崎先生，昨天我讓您看過姬子的處方後問您，如果停藥了會怎麼樣，您非常驚訝。當時我還不知道您是姬子的家人，只覺得您表現得有點誇張。不過現在回想起來，您當時就已經發現了吧？女兒為了跟自己見面而停藥，故意住進醫院。」

聽到諏訪野的確認，灰崎虛弱地點頭。

「我一開始也覺得不可能。但是我想了一晚上，終於確信，姬子是為了見我才停藥的。所以今天才想找您說清楚這件事。」

「都是你！」裕子指著灰崎：「要不是你毀約跟姬子見面，那孩子也不會糊塗地做出這種事……」

「……對不起。」

垂著頭的灰崎擠出這句話。坐在一旁的洋介安撫妻子：「好了，別再說了。」但裕子卻歇斯底里地甩開丈夫的手。

「各、各位，請先冷靜一點……」

他正愁於不知如何收拾這混亂的狀況，房間裡響起一句：「請安靜。」音量雖不大，卻渾厚有力。諏訪野轉向聲音的主人，也就是坐在自己身邊的指導醫師。

「裕子小姐，您先請坐下。」

志村從他如簾子般垂落的瀏海間隙盯著裕子。

「可是都是因為這個人姬子才會……」

「現在與其追究責任，更重要的是想想接下來該怎麼處理。第一步就是先冷靜下來討論。」

被志村這麼一說，裕子想想剛剛自己的行動似乎感到一點難為情，微微紅了臉坐回椅子裡。

房間裡是一片凝重的沉默。最先開口的是灰崎。

「……我會依照原本的約定，不見姬子。假如她知道就算住院也見不到我，應該會好好吃藥吧。」

灰崎緊握雙拳，強忍痛楚般看著裕子問道：「這樣可以嗎？」裕子緊抿著唇，稍微點了點頭。

這樣真的可以嗎？諏訪野不安地望著房裡的每一個人。如果知道住院也見不到灰崎，姬子就沒有停藥的理由。可是這樣算是真正解決了問題嗎？

「這麼做是為了誰呢……？」

志村自言自語般地這麼說。房間裡所有人的視線都集中在志村身上。

「灰崎先生不見姬子，是為了誰而做的決定呢？」

「當然是為了姬子。這樣她才不會因為有兩個父親感到混亂啊。」

裕子很有把握地回答。

「姬子真的會因為有兩個父親而感到混亂嗎？剛剛我們問姬子『喜歡爸爸嗎？』還問她『喜歡爸比嗎？』她都給了肯定的答案，可是反應稍微有點不同。我覺得她心裡分得很清楚『爸爸』是姬井先生、『爸比』是灰崎先生。姬子早就接受了她有兩個父親這個事實。」

志村看著姬井夫婦和灰崎，又繼續說：「不只這樣。」

「姬子露出滿臉的笑容回答我們：『我最喜歡爸比了！』」

裕子的身體明顯的顫抖。灰崎強繃著嘴角。

「不再跟灰崎先生見面，姬子可能不會再停藥吧。但是她不惜忍受痛苦也想見的『爸比』，卻再也見不到了。這樣真的是為姬子好嗎？就沒有更好的解決方法了嗎？」

志村的視線望向裕子，她沉默著，露出猶豫思索的表情。終於，她有點遲疑地開了口。

「我……」

裕子顫抖的聲音被敲門聲打斷。諏訪野轉過頭，護理師從門縫裡探出頭來。

「不好意思打擾各位談話。姬子說想見爸媽……」

姬子從護理師身邊鑽出頭來，她表情瞬間一亮。

「爸比！」

姬子高聲驚叫，衝上前撲到灰崎身上。灰崎穩穩抱住女兒小小的身體，溫柔地摸著她的頭髮。姬子感覺很舒服地微笑著，然後好奇地看著房間裡。

「為什麼爸比跟媽媽都在這裡？以後又可以跟爸比一起住了嗎？」

聽到姬子這個天真的問題，裕子僵住了臉。

「……不是的，爸比已經不能跟妳一起住了。因為現在妳有洋介爸爸了啊。」

裕子慢慢搖著頭這麼說，姬子漸漸難過地沉下臉。但裕子的話還沒說完。

「不過以後妳一個禮拜可以見爸比一次。等出院回家之後也一樣。」

灰崎瞪大了眼睛。

「裕子……」

灰崎一臉驚訝，裕子微笑著，那表情就像擺脫了什麼附身惡靈。灰崎鼻頭一皺。

「怎麼了爸比？你在哭嗎？有什麼難過的事嗎？」

看到顫抖著肩的灰崎，姬子顯得很擔心。他緊緊抱著女兒，用力擠出聲音說：

「沒有，我是開心。」然後終於忍不住發出嗚咽的哭聲。

「裕子小姐、洋介先生。」志村小聲地對姬井夫婦說：「請不要責罵姬子。我想，她以後再也不會這麼做了。」

「當然，我們不會罵她的，對吧？」

洋介微笑地回答，裕子也慢慢點頭，滿臉幸福地看著自己唯一的女兒。

房間裡瀰漫著溫暖的氣氛，諏訪野漸漸鬆緩下嘴角，看著那對相擁的父女。

「姬子的出院手續完成了。」

在病情說明室談完後過了幾個小時，回到小兒科醫局的諏訪野向志村報告。跟裕子討論的結果，只要好好用藥，氣喘再次發作的風險很低，決定讓姬子明天出院。

「辛苦了。今天你的表現很出色呢。」

「沒有啦。裕子小姐生氣的時候我真的不知道該怎麼辦，幸好有志村醫生在旁邊幫忙，才能順利收場。」

這不是謙虛，他發自內心這麼想。

「畢竟小兒科醫生的工作有一半都是在跟家長說明，這也算是一種經驗的累積吧。不過如果不是你先發現了真相，我可能已經報警了。那到時場面可就會更混亂了。所以這次功勞最大的還是你啊。」

「哪裡，謝謝。」

這麼被誇獎還是挺難為情的，不知道該怎麼回話才好。

「對了，諏訪野，你已經決定要去哪一科了嗎？差不多也該決定了吧。」

「還沒……」

諏訪野一臉尷尬。兩年的不分科住院醫師訓練生活只剩下不到半年。下個月之內就得決定將來要去的科別。絕大多數的醫生都將把一輩子花在這時選擇的專門科別上。確實是左右人生的重大選擇。

同期的PGY大部分都已經決定好科別，也紛紛到各醫局去跟教授打招呼了。可是諏訪野直到現在還遲遲沒有決定。

「什麼，還沒決定啊？心裡沒有候選的科嗎？」

「候選啊……之前的指導醫師都說，比起外科，我更適合能花時間面對每一個患者的內科……說起來小兒科也算是內科的一種吧。」

「嗯？你也在考慮我們科嗎？」

「算是候選之一吧……」

來小兒科受訓之後，他覺得跟自己的個性滿合的。自己出乎意料地受孩子們歡迎，替生病的孩子把病治好，也有很高的成就感。

「這樣啊。當然啦，我是很歡迎你來我們科，不過總覺得有點可惜。」

「可惜？」

「對，這次你替姬子解決了她家裡潛藏的問題。但是這種狀況在小兒科裡算是特例。小孩子基本上很單純。你能認真替患者的煩惱設身處地來思考，也具備解決問題的能力和善良。如果要充分發揮這些天分，我想內科會更適合你，在那裡可以接觸到更多懷抱各種問題的患者。」

「但是內科又分為呼吸器、消化器、內分泌，我現在還是搞不懂哪一科比較適合我。」

諏訪野搔搔自己的脖頸。

「反正還有一點時間，慢慢考慮再做結論吧。畢竟是左右一輩子的決定。對了，我們科之後接下來是去內科受訓吧？要去哪裡？」

諏訪野回想著接下來的訓練日程，答道：

「接下來是……循環器內科。」

胸口的秘密

1

心電圖螢幕上顯示的波形開始變形顫動。站在處置台旁的諏訪野全身僵硬。

「VF！快搶救！」

治療台邊，在輻射防護衣外穿著滅菌衣的醫師大喊。

VF，心室顫動。心室微幅痙攣，喪失心臟將血液輸往全身的幫浦功能。這無疑是心臟停止的形態之一。

「PGY，別站著發呆，從點滴側管注射腎上腺素和苦息樂卡因！還有，直流除顫器也先充好電！」

醫生一邊操作著手邊的導管一邊放聲下指令。諏訪野馬上從旁邊的急救推車取出腎上腺素和苦息樂卡因的安瓿，依照指示注入點滴管路。身邊的指導醫師上林將膝蓋放在治療台上，雙手疊合放在患者胸部開始進行心臟按摩。

「醫生，充好了。」

護理師拿來除顫器。諏訪野開啟除顫器電源，開始充電，他雙手拿著握把走近治療台。機器發出警示聲，表示已經完成電擊準備。

「充電完成。」

聽到諏訪野的聲音，正在進行處置的兩位醫師離開治療台，暫停心臟按摩的上林撕下覆蓋在患者身體上的滅菌鋪巾。蓄積了大量脂肪的中年男子胸口袒露在眼前。他將握把放在患者右胸和左側腹部，手指放在按鈕上。

「開始！」

上林一邊下治療台一邊做出指示。

「離開！」

諏訪野大叫的同時按下按鈕。

男人的身體被三百六十焦耳的電流貫穿，大幅跳動了一下。

「才剛來就遇上這個，真夠嗆的呢。」

上林口氣輕鬆地這麼說，諏訪野感到強烈的疲勞，側眼看著他。下巴蓄著一點鬍子，輪廓精悍。記得應該已經四十出頭，但乍看之下只有三十多歲。雖然比高個子的諏訪野矮，但即使隔著白袍也能看出他結實的體態。比起醫生，整個人的風格更像個運動員。

諏訪野從今天開始跟在上林身邊，進行循環器內科的一個月不分科住院醫師訓練。

早上在醫局病例討論會打完招呼後，他跟上林一起前往病房，打算認識自己即將負責的患者，沒想到突然來了急診患者，被叫到急診處。

患者是位中年男子，因為突然強烈胸痛送到急診，從心電圖研判應該是急性心肌梗塞，馬上以導管進行心臟冠狀動脈阻塞部位的開放式治療。治療中發生了心臟停止，於是開始搶救。

除顫之後心跳立刻恢復正常，也成功疏通冠狀動脈，患者現在正送往專科加護病房。

「循環器內科每天都這樣火裡來水裡去嗎？」

「也不是一直這樣，不過急性心肌梗塞的導管有一定的急迫性，畢竟無法保證什麼時候會像今天這樣心臟停止。對了，忙到現在我都還沒問，諏訪野你明年開始要去哪一科？」

他臉一僵。兩年受訓時間輪值完所有基本科別後，PGY 就要進入各自專攻的科別接受專業訓練。在諏訪野任職的純正醫大附設醫院，這個月底之前就得決定要選擇哪一科。

大部分其他同期PGY都已經決定了專攻科別。但諏訪野還在猶豫。

「這……我還沒有決定……」

「啊？還沒啊？我記得這個月底就得確定了吧？那至少選定了幾個候補吧？」

「我是打算從內科裡挑啦……」

在過去的受訓過程中，有好幾位指導醫師都說過，他適合能好好面對每一個患者的內科。自己雖然也有這種感覺，可是內科也依照器官的類別，分成好幾個不同的專門科別，他還沒有確定到底該選哪一科。

「喔？想進內科啊？那我們科怎麼樣？循環器內科工作起來很有成就感喔。而且很快就能看到結果。」

「很快就能看到結果？」

「就像剛剛的心肌梗塞或者心室顫動，很多循環器的疾患都比其他內科的緊急性高，放著不管立刻就會致命。我們循環器內科醫生得在爭分奪秒的狀態下進行治療。」

「所以這種刺激就是循環器內科的魅力嗎？」

對於向來很重視跟患者對話的諏訪野來說，剛剛上林那番話並沒有太多吸引他的地方。

「你在胡說什麼？」上林搖搖頭：「為的不是刺激，而是成就感。在那短短幾個小時，有時甚至只有幾分鐘的時間裡，我們能不能進行適當的治療會大大影響患者未來的生活。換句話說，循環器內科醫生進行治療時，肩上背負的是患者的人生。怎麼樣？是不是很有價值的工作？所以我們才會這麼拚命學習、拚命磨練技術啊。」

諏訪野用力點點頭。他不知不覺中被上林熱血的闡述所吸引。上林露出笑臉，拍了一下諏訪野的背。

「要去哪一科是一輩子的問題，別著急，慢慢決定吧。總之先跟我一起去查房，順便跟你介紹一起負責的患者。」

跟著上林看完由他擔任主治醫生的十位左右患者後，諏訪野他們搭電梯正要前往二十六樓。新館二十六樓是純正醫大附設醫院中擁有最高警備等級的特別病房。這樓所有病房都是單人房，只能從二十五樓搭電梯前往，入口自動門還得刷醫院職員的職員證才能入內。因此這裡的單人房費用相當昂貴，住院患者大部分都是VIP。

「您在二十六樓病房也有負責患者啊？真厲害。」

出了電梯的諏訪野這麼說，但上林聽了卻表情一沉。

「之前介紹的患者多半都是比較好相處的人，但是接下來要見面的患者有點難搞，小心一點。」

「難搞？」

「與其用嘴巴說明，還是實際見面比較快。總之，你先做好心理準備吧。」

「你說的患者是什麼病？」

「特發性擴張型心肌病變。」

諏訪野僵住了臉。特發性擴張型心肌病變，心臟肌肉細胞變薄，導致心臟過大擴張的疾病，原因不明。擴大的心臟因為收縮能力減弱，喪失了將血液送到全身的幫浦功能。

假如還是輕症，可以透過藥物治療來減輕心臟負擔，不過一旦演變為重症，就會引發心臟衰竭，成為除了心臟移植之外沒有其他根本治療法的罕病。

「所以現在正在等待心臟移植？」

「等待移植……嗯，也可以這麼說吧。」

曖昧回應了諏訪野的問題後，上林在病房門口停下腳步。這裡似乎就是那位患者的病房。

「讓你見這位患者之前，必須跟你確認一件事。」

上林盯著諏訪野的臉。

「醫生有守密義務，絕對不能將診療時所知的資訊透露給他人。這一點你知道吧？」

「當然知道。」

身為醫師，這可以說是相當基本的道理，諏訪野聽了一臉不悅。

「別這麼不高興嘛，我知道你不會到處去說患者的事，但是這間病房裡的患者狀況有點特殊。」

上林敲了敲門。房裡傳回一聲：「請進。」

跟在上林身後進了病房的諏訪野，迅速掃視了室內一圈。大約五坪左右的空間裡，放著病床、沙發、茶几。房間後方還有一個小廚房。

跟二十六樓其他的病房相比，稍微小了一些。

目前為止的訓練中，他也負責過幾次住在這個樓層的患者。那些患者的病房都遠比這間房間更寬闊，裡面放的備品也感覺更加高級。這應該是二十六樓病房裡最便宜的一間吧。

諏訪野望向房間後方。病床旁的摺疊椅上坐著一位女性，身上的套裝熨燙得極為平整。年紀大約三十多吧。是患者的家屬嗎？

接著，諏訪野開始觀察躺在將靠背部分搖起的病床上、身穿病人服的女性。她正在眺望窗外，從諏訪野的位置只能看見她的背影。看來是個年輕女人。及肩剪齊的栗色頭髮看起來很柔軟。

忽然，宛如低聲嗚咽的聲音撼動著房間的空氣，諏訪野試著尋找那聲音的來源。他很快就發現了。放在病床後方縱長的盒狀裝置，發出了驅動聲。

管子從裝置裡延伸到坐在病床上那女人的病人服裡。

心室輔助裝置……知道那裝置是什麼之後，諏訪野不由得繃緊了嘴角。

這是一種將管線插入心臟和大動脈，利用裝置加壓，將心臟流出的血液送回大動脈的系統，用於心臟無法充分發揮功能的患者身上，但這還是諏訪野第一次看見實物。

所以她的心臟功能已經糟到得用這種裝置了……

「上林醫生，那位先生是？」

房間裡尖銳的話聲讓諏訪野回過神來。坐在病床旁的女性正看著他。對方眼中強烈的警戒和敵意，把諏訪野嚇得稍微往後縮了縮。

「這是PGY諏訪野。今天開始會協助我的診療。」

上林介紹之後，諏訪野也低頭打了招呼：「我是諏訪野良太，請多多指教。」

「PGY？所以還算學生吧？為什麼要讓學生替繪理看診？我們付了那麼貴的單人房費住進這間病房，這種待遇也太過分了吧。」

女性氣勢逼人地一口氣說了一大串，從椅子上起身。看來繪理應該是這位住院女性的名字吧。覺得有些尷尬的諏訪野，瞥了一眼病床上的名牌，上面寫著「四十住繪理」。

四十住……諏訪野看著這罕見的姓氏，皺起眉頭。

「這跟住哪一間病房沒有關係。我負責的所有患者都會跟諏訪野一起看診。治療方針的決定和說明，還有專業處置，跟以前一樣由我來進行。諏訪野會在一旁協助我的工作。」

「協助？讓一個學生做這些不會太危險嗎？」

「諏訪野已經接受了一年半的不分科住院醫師訓練，對於基本處置幾乎都能完美執行。在我抽不開身的時候，有他在更能順利地進行治療。跟他一起診療，對患者只有好處沒有壞處。」

上林篤定地這麼說，女人這才不情願地安靜下來。諏訪野一邊感謝上林的救場，同時也緊張地等待患者本人會有什麼反應。

「無所謂吧，橫溝小姐。」

出聲的並不是那個一直在抱怨的女人，而是躺在病床上望著窗外的女人，這個名叫四十住繪理的患者。

橫溝小姐？所以說她們兩個不是家人？諏訪野覺得很好奇，望著窗外的四十住繪理繼續說道：

「反正這間醫院也治不好我的病，那由誰來負責都一樣。我不是來這裡接受治療的，只是我去美國之前暫時等待的地方而已。」

那個叫橫溝的女人表情僵硬地低聲回道：「既然妳都這麼說了……」

「啊、那往後就請多多指教了。」

諏訪野再次打了招呼，病床上的女人慵懶地轉過頭來。看到她的長相，諏訪野忍不住眨了眨眼。

他拚命地忍住從喉嚨深處湧上的吶喊。

「那個患者是愛原繪理吧！」

離開四十住繪理的病房，走進二十六樓病房護理站後，諏訪野高聲這麼說。

「喔，你發現啦。」上林微微彎起嘴角。

「當然會發現啊！」

愛原繪理是幾年前從偶像跨足演戲，一夕爆紅的女演員。端整的外貌加上卓越的演技讓她一口氣躍升頂級明星之流，連續主演了好幾檔連續劇。

「護理師跟我說之前我完全沒發現呢。她最近好像幾乎沒上電視。」

「我記得大概三年前就陸續聽到一些傳聞，說她拍戲臨時爽約，還跟已婚演員傳出緋聞什麼的，後來就被業界封殺了。」

「諏訪野，你知道得還真詳細……」

「我就是很愛看這些八卦啊，而且我算是愛原繪理的粉絲吧。她以前演過《細數你與星辰》還有《眼中的砂塵》，我學生時期超迷那些連續劇的。」

「那些應該是愛情片吧？你喜歡看這種？」

「本來是想從裡面找跟女生聊天的材料，但是看著看著自己就迷上了。」

「現在你知道我為什麼再三強調守密義務了吧。雖然說最近走下坡，但畢竟是紅極一時的女明星。假如知道她因為罕病住院，媒體可能會湧入醫院。站在她經紀公司的立場，似乎也想隱瞞招牌女演員生病的消息。說是萬一給人留下罹病的印象，會影響到今後的工作，所以才讓她住進二十六樓的病房，讓那個可怕的經紀人隨身監視。」

喔喔，原來那個姓橫溝的女人是經紀人啊。諏訪野點點頭，但同時又冒出了新的疑問。

「今後的工作？所以經紀公司覺得她的擴張型心肌病變可以治好？有機會接受移植？」

日本移植器官相當不足。所以除非極幸運，實際上無法接受移植。

「不，她雖然在國內登記了移植意願，但公司跟她本人都沒有在日本等待治療的打算。好像想在美國接受治療，畢竟她也說了『不是來這裡接受治療的』。」

「美國嗎？確實美國比日本能接受移植的可能性高多了，但是……」

「沒錯，需要上億的費用。她說錢經紀公司會想辦法，接收醫院他們也會自己安排。我們確實幾乎不插手她的治療。大概是因為這樣，她對我們，或者應該說是對日本的醫療，總是有點瞧不起。」

「這方面我不太清楚，但是美國的醫療真的比日本先進嗎？」

「不，基本上沒有太大差異。甚至可以說，日本因為推動所有國民都加入保險的制度，可以以廉價費用接受世界級水準的治療，這一點看來日本要來得先進多了。美國的醫療費高得嚇人哪。實際上在WHO發表的醫療水準排行榜中，日本是冠軍。可是關於移植的規定比較嚴格也是事實。」

「是因為器官捐贈不夠普及的關係吧？」

「那是一個原因，但更重要的是生死觀的問題。在海外很多人會將腦死視為『人的死亡』，可是在日本這樣的想法還不普遍。大家還不太能接受心臟還在跳動、身體還溫熱，卻已經死亡這件事。」

「心臟停止之後，就無法提供心臟或者肺臟了吧。」

「還有肝臟和小腸。所以這些器官在日本呈現慢性不足的現象。但是腦死能不能視為人的死，牽涉到生死觀和宗教觀，是相當敏感的問題，現在的狀況很難評斷是好是壞。反正四十住小姐等到條件齊備就會轉入美國的醫院了。我們的工作就是確保她在那之前病情不要惡化。」

上林坐在電子病歷前，開始輸入診療紀錄。

「放在病床後面的是心室輔助裝置吧？使用那個裝置不管心臟功能再怎麼衰弱，都能維持全身的狀態嗎？」

聽到諏訪野的問題，上林停下打鍵盤的手，轉過頭來。

「心室輔助裝置確實可以確保全身的血液循環，但是並非完全沒有危險。有可能透過插入心臟和大動脈的管線發生感染，也有可能因為流出體外的血液裡發生血栓，陷入致命狀況。而使用心室輔助裝置的期間愈長，發生上面這些狀況的可能性就愈高。所以才應該盡快進行心臟移植。」

說到這裡，上林稍微放鬆了表情。

「但是她現在全身狀態都很穩定，不需要特別擔心。萬一她轉院去美國之前發生什麼狀況，我也會負起責任來處理，到時候你要從旁輔助。她本人和陪病者脾氣都有點怪，不過應該不會太麻煩才對。」

「我知道了。」諏訪野用力點點頭：「不過話說回來，原來她本名姓四十住

（Aizumi）啊。愛原（Aihara）這個藝名大概是根據本名取的吧？」
「喔？沒想到你還知道這個姓氏怎麼發音。我本來還不知道呢。」
「喔，那是因為去年在腎臟內科受訓的時候，負責過一位同姓的患者，所以才知道讀音的。」
「那該不會是四十住紗智吧？」
「咦？您認識她嗎？」
「因為腎絲球腎炎導致腎衰竭，去年開始做透析的女高中生吧？那是繪理小姐的妹妹啊。」
「喔喔，原來如此。那她偶爾應該會來探病吧。」
聽到諏訪野的自言自語，上林表情一沉。
「怎麼了嗎？」
「她家人不會來探病。應該說，不能來。四十住小姐拒絕跟她們見面。」
「拒絕？為什麼？」
「聽說她跟家人關係不太好。尤其是發現得了擴張型心肌病變之後，她一心覺得家人希望她死，好拿到財產，所以幾乎不跟家人見面。」

他想起在腎臟內科受訓時，開始做透析來住院的四十住紗智。每星期有三次必須來接受幾個小時的血液透析，這讓她情緒有點低落，不過這個少女還是非常積極正向地面對，希望好好活下去。諏訪野實在不覺得這樣的孩子會因為錢而希望姊姊死。

「紗智不是這種孩子。」

「嗯，我也因為得說明病情，跟那孩子還有她母親見過幾次，我跟你有同感。不過很多罹患嚴重疾病的患者，都會有被害妄想。我想四十住小姐應該也是。但畢竟是家庭問題，我們也不好多過問。」

上林聳聳肩，身邊的諏訪野回頭一望，看著遠方四十住繪理的房門。

2

鬧鐘聲音撼動著整間房間的空氣。睡在床上的諏訪野伸手去取放在枕邊的手機，按掉鬧鐘。時間是清晨六點。

循環器內科的受訓第四天早上，他竭力抵抗回籠覺的誘惑，撐起了上半身。循環器內科從上午七點開始就要查房。假如要在查房前換好白袍抵達病房，即使住在醫院建地內的PGY宿舍，也得開始準備才趕得上。

打了個大呵欠坐在床邊，不經意地打開手機瀏覽新聞網站。這時，一則新聞標題吸引了他的目光，他停下滑動畫面的手指。

第一時間他以為是自己看錯了，揉了揉眼睛，再次盯著液晶畫面。

「愛原繪理，重病住進東京都內醫院？」

確認自己沒看錯之後，諏訪野立刻顫著手指點開新聞的詳細內容。

「根據相關人員表示，女演員愛原繪理（27歲）目前正住進東京都內醫院，病名不明，但據傳為心臟重症。愛原繪理以連續劇《永遠的夏天》一作出道，之後……」

看到這裡，諏訪野將手機丟在床上。

「不會吧……」

狹窄的房間裡充斥著他嘶啞的聲音。

「這是怎麼回事？」

橫溝拍著雜誌，尖銳地叫著。她薄施脂粉的臉上因為憤怒和亢奮而泛紅。

消息出來的那天下午，諏訪野跟上林都被叫到繪理病房。房間裡除了繪理和橫溝，還有經紀公司社長，一個姓久米的男人。

久米表情僵硬地自我介紹後，橫溝立刻舉起手上那本「本日發售」的雜誌站起來。

站在上林身後的諏訪野望向雜誌，上面的報導跟早上自己在網路新聞看到的內容差不多，還放上了繪理的臉部照片，篇幅不小。

「我們也很不能理解，為什麼會發生這種事。」

上林的態度毅然。大約一個小時左右前，上林跟諏訪野一起前往教授辦公室，跟教授一起仔細商討了今後的因應方式。

「什麼叫做不能理解？我們為了怕走漏消息，特意付了昂貴的費用讓繪理住院。但是現在卻變成這樣！」

橫溝歇斯底里地抓亂了自己的頭髮，瞪著上林。

「我們認為不太可能是由醫院職員走漏四十住小姐的資訊。」

上林絲毫不受動搖，堅定地回答。有許多VIP住院的新館二十六樓，對於個人資訊的外洩向來相當小心。在這個樓層執勤的職員，都是至少有五年以上的經驗、而且過去從沒有引發過問題的人，大家還得定期接受關於個人資訊管理的講習。另外，為了防止資訊外洩，這些員工都另外簽署了特別的合約，萬一洩漏患者資訊會被課以極高昂的罰款。或許也歸功於這些措施，幾年前這層特別病房開始啟動以來，至今從來沒有發生過患者資訊外洩的事故。

上林仔細地解釋了這些狀況，同時也說明他已經一一詢問過知道繪理住院的所有職員。

「如果不是這層樓的職員洩漏，那那個醫生呢？」

被橫溝一指，諏訪野瞬間渾身僵硬。

「那個醫生一負責繪理，消息馬上就走漏。而且那個醫生應該沒接受過特別講習，也沒簽約吧？就是你說出去的吧？」

「不，我沒有告訴記者啊。」

諏訪野小心控制聲音不要顫抖。

「就算沒有直接告訴記者，也可能去跟認識的人炫耀啊？『愛原繪里是我負責的病人』，然後消息漸漸走漏，被記者發現了吧。」

「我沒有告訴任何人自己負責治療四十住小姐這件事。」

因為第一天就被上林嚴厲提醒，自己負責治療繪理這件事他連PGY同事都沒說。消息不可能是從自己這裡走漏的。可是他不知道該怎麼讓對方相信這件事。

「……惡魔的證明❷。」

自從大家開始討論後始終不發一語的繪理，這時悄悄開了口。房裡所有人的視線都集中在繪理身上。

「繪理，妳剛剛說了什麼嗎？」

橫溝問道，繪理搖搖頭。

「要證明自己沒有做過什麼就叫做『惡魔的證明』，這是不可能的事吧。再責怪這個醫生他也太可憐了，畢竟他也還不算正式醫生啊。」
「可是繪理──」
「橫溝小姐，想知道是誰走漏我的消息，之後還能調查。現在重要的是想想怎麼應付媒體吧？」
她說得很有道理，橫溝這才安靜了下來。
「找媒體來開記者會，由我來說明狀況。我會盡量減輕繪理的負擔。橫溝小姐，媒體通知的傳真稿還有記者會的準備就拜託妳了。」
久米有條不紊地指示，橫溝點點頭表示：「我知道了。」馬上從包包裡掏出手機，開始聯絡。
「萬事就拜託你了喔，社長。」
繪理輕聲說著，好像對這件事沒什麼興趣，開始望向窗外風景，此時她忽然輕喊了一聲：「啊！」

❷ probato diabolica（devil's proof），源自中古時期的歐洲宗教劇，惡魔要出賣靈魂給惡魔的人，證明其靈魂屬於自己。這種難以實證的提問延伸為要人做出難以確認、無法直接明示的證明。

「繪理，怎麼了嗎？」久米走近病床邊。

「除了醫院跟公司的人，確實還有其他人知道我的狀況，也有可能走漏消息。」

上林探出身子：「是誰？」

「我的家人，我母親跟我妹妹……」

她繼續看著窗外，語氣平靜地這麼說。

『……如同前面的說明，目前隸屬於本公司的女演員愛原繪理，正奮力與擴張型心肌病變這種罕病搏鬥，但是她戰勝病魔的意志相當堅定。她肩負的命運或許殘酷，但是我深信，她一定能克服疾病，再次耀眼地站上舞台。』

隔天下午，諏訪野和上林在循環器內科醫局裡盯著液晶電視。畫面上正實況轉播著敘述繪理病情的久米。那悲痛至極的表情相當能勾起觀眾的同情，他身邊是表情生硬的橫溝。

「看起來是開記者會的老手了呢。這麼一來四十住小姐完全成為悲劇女主角，全日本都會很同情她吧。」

上林抓了抓自己的脖子。

「假如接受心臟移植後復出，一定會很受注目吧。」

諏訪野也有同感，上林誇張地攤開雙手。

「豈止很受注目，一定會再度爆紅吧。到時候各家電視又會開始搶人大戰。說不定走漏消息的可能是社長自己？他本來覺得演員給人生病的印象不好，但是轉念又覺得演出一場戰勝疾病的奇蹟般復出戲碼也不錯。所以才故意透露給媒體知道。」

「不至於吧。」

諏訪野本來想笑，可是看到上林一臉嚴肅，不覺收回了笑意。

「我是認真的。對經紀公司來說，旗下藝人就是寶貴的商品，他們應該會不惜代價提高商品的價值。再說了，四十住小姐雖然最近走下坡，但依然是那間公司的招牌女星。無論用任何方法，他們應該都會設法讓她重新走紅。」

「那，真的是社長他……？」

「我只是說不能排除這個可能。我們畢竟不是警察。與其追究是誰走漏資訊，更應該專心治療患者。」

「也對。」

點點頭，諏訪野又將注意力拉回電視畫面。記者會已經進入提問的階段。

「關於愛原小姐今後的計畫，具體來說打算接受什麼樣的治療呢？」

一名記者提問。久米靠近麥克風。

「我不是醫師，也無法仔細向各位說明詳細的治療法。不過繪理的病情很嚴重，除了心臟移植以外，目前沒有其他治療方法。」

「心臟移植應該沒那麼容易吧？」

「在日本國內要接受心臟移植確實很難。所以現在正在辦理手續，打算去美國接受心臟移植。快的話這個月之內繪理就會轉到美國的醫院。預計轉去的醫院是位於加州的……」

久米說出一間諏訪野也聽過的超級知名醫院。

「已經決定好要轉去哪間醫院了？那為什麼不多少透露一點消息給我們呢。雖然說他們會全部自己處理，但至少也需要一張英文的介紹信吧。」

上林還發著牢騷，畫面中的久米忽然起身。

「關於我剛剛說明的心臟移植手術，其實還有一個問題。接受這樣的治療至少需要兩億的費用，甚至還有可能更高。現在敝公司正竭盡全力籌措這筆醫藥費，但是也不怕各位笑話，目前狀況並不樂觀。在這裡我也顧不得臉面了，想拜託全國朋友，能對繪理伸出援手。」

「等等等等，他在說什麼？」

上林皺起眉，諏訪野還搞不明白發生了什麼事，只是一直凝視著畫面。

「從今天起，本公司將設立『愛原繪理援救會』，懇請大家捐贈她赴美接受心臟移植的醫療費用。詳細內容稍後……」

諏訪野懷疑起自己的耳朵。在海外確實有為了籌措移植費用而募捐的例子，但是絕大部分的患者都是嬰幼兒，而且是耗盡家財醫療費還不足夠的情況。從來沒聽說經紀公司為了拯救旗下知名藝人而募捐的例子。

「原來這就是他們的目的……」上林小聲擠出這句話。

「目的？什麼意思？」

「走漏消息的我看一定是這間經紀公司。先讓八卦雜誌獨家報導，受到全國關注後開記者會博取同情，接著再呼籲捐款，一定可以獲得全國民眾的支持。」

「可是經紀公司不是已經準備了這筆醫藥費嗎？」

「雖然是不小的公司，但是要拿出上億的錢也沒那麼簡單。就算要拯救公司的招牌明星也一樣，所以才打算靠募捐來省下這筆錢。他們一定早就計畫好了吧，否則怎麼可能這麼快就發布消息，而且還在面對全國的記者會上這麼大張旗鼓地做出引人同情的聲明。看來一定能募集到很可觀的金額。」

「但是通常這種募捐活動，應該是經濟上相當拮据、不得已才會想到的方法吧。」

「是啊，沒有錯。就算是這種情況，都有可能受到各種批評了。這次一定也會遭受到更嚴重的指責吧。」

上林咬著指甲，顯得很不耐。

「看來事情愈來愈棘手了。」

記者會的三天之後，諏訪野和上林參加教授查房。大學醫院裡，教授每週有一次必須帶著醫局裡所有醫師，診察在該科住院的所有患者。透過這個方式讓醫局所有人共享患者的資訊，也可以確認治療方針是否有誤。

原本擔心久米的記者會後，會不會有大批媒體湧來醫院，不過直到目前為止還沒有發生這種狀況。看來媒體可能還沒掌握到繪理住在哪間醫院。

查房開始後已經一個小時多，大部分患者都看完了。諏訪野走在十幾位循環器內科醫生身後，有種如鯁在喉的感覺。

這次查房看到了幾位繪理以外同樣因為擴張型心肌病變使用心室輔助裝置，正在等待移植的患者。大部分都比諏訪野年輕，其中還有三位才十多歲。

假如無法接受心臟移植，那些患者都將保不住性命。而等到移植用心臟的機率可說微乎其微。

在之前受訓的科裡，他也看過不少罹患不治之症的患者，不過絕大多數是高齡患者。看到比自己年輕的人面臨死亡的樣子，在他心裡烙下了一道陰暗的黑影。

「好，接下來只剩下二十六樓病房了吧。辛苦各位了。」

結束CCU查房的初老教授在胸前合掌。看到這個動作後所有循環器內科醫師便低頭道了聲「您辛苦了」紛紛離去。只留下教授、上林還有諏訪野。

住在新館二十六樓病房的患者，只有教授和負責的主治醫生查房，這是純正醫大附設醫院不成文的規定。而現在循環器內科住進二十六樓病房的患者只有四十住繪理一個人。

「那我們走吧？」

在教授的催促下，諏訪野他們一起走向二十六樓病房。

來到繪理病房前，諏訪野從白袍口袋裡掏出筆記，挺直了背脊。

「四十住繪理，二十七歲，擴張型心肌病變患者。心臟超音波顯示左心室射出率為百分之十三，心功能衰弱極為嚴重，目前使用心室輔助裝置，正在等待心臟移植。前幾天的檢查中……」

諏訪野聲音略帶嘶啞地說明了患者的資訊。

「你不用這麼緊張。這位患者的狀況我都持續接到了報告。」

教授聲音輕柔地這麼說，敲了兩下房門後打開門。諏訪野跟在教授和上林身後進入病房。今天沒看到橫溝，繪理一個人躺在窗邊的病床上。

「四十住小姐，教授查房。」

聽到上林的聲音，繪理沉默地輕輕點了點頭。教授走近病床說了聲：「不好意思。」用聽診器聽了她的心跳。繪理的病人服胸口微敞，諏訪野別開了視線。

「好了，謝謝。」

診察結束的教授說道。但繪理依然只輕輕點了點頭。

「您經紀公司社長的記者會我也看了。現在募捐狀況還順利嗎？」

「細節都請橫溝小姐處理，我也不清楚，應該沒什麼問題。他們說應該能籌到需要的錢。」

繪理顯得對這件事沒什麼興趣。

「是嗎？這類募捐通常得花很長時間才能籌到目標金額，不愧是明星，影響力就是不一樣。」

教授的口氣裡帶點挖苦。幾乎面無表情的繪理嘴角也微微揚起。

「那是當然。我畢竟跟一般人不一樣，拿我跟普通人相比也沒什麼意義吧。」

「像您名氣這麼大，就算不靠募捐，應該也能靠自己或者公司出這筆醫藥費吧？」

「願意捐款的人會因為能出錢而感到高興。與其把那些錢攢起來，還不如拿來幫我更有意義。這有什麼不對嗎？」

繪理哼了一聲，顯得很不以為然。

「是嗎？我沒有立場判斷對或不對。只是，可能也會有人覺得這樣不太公平吧。」

教授說得沒錯，現在網上已經開始蔓延起對這次募捐活動的批判了。

「不相干的人愛怎麼說就怎麼說。說到底，如果能在日本國內接受移植手術，我也不用這麼麻煩。日本的醫療為什麼這麼落後呢？」

原本很平靜的繪理語氣忽然激動了起來。

「日本能接受往生者器官移植的例子確實很少，今後可能也需要改善這一點。但是在家人之間的腎臟或者肝臟移植這類生體器官移植，日本在世界上算進展得很快的國家。」

「今後怎麼樣也不關我的事，我現在就需要心臟，所以得出國。抱怨我之前請你們先努力治好像我這種病人，好讓我們不用出國吧！」

繪理表情扭曲地這麼說。

「……是，您說得沒錯。我們確實應該努力。」

教授老實地縮了縮下巴。

教授查房結束後約兩個小時，諏訪野在二十六樓病房護理站寫著繪理的病歷。上林正在看下午的門診。在上林門診結束來到二十六樓之前，他得填寫好病歷紀錄、處方箋、注射箋等紀錄。

填寫完電子病歷也存好檔後，諏訪野想起教授查房時的繪理。過去從沒看過繪理那麼明顯地表露自己的情緒。

之前的診察過程中可能因為都有橫溝在旁陪伴，繪理幾乎不會主動開口，因此很難推測她到底在想什麼。不過經過今天的事，他覺得似乎有點能理解她的心情。

年紀輕輕就罹患擴張型心肌病變這種罕病，她心裡一定充滿了絕望和憤怒。她躲在自己的殼中，正拚命跟恐懼奮戰。

「諏訪野醫生。」

身後意外傳來一聲招呼，諏訪野輕喊了一聲：「是！」挺直背脊。

轉過頭去，是一位上了年紀的護理師。她指向梯廳：「您看看那邊。」隔著玻璃自動門的那一邊，站著一位中年婦女。

「那是誰？」

「四十住小姐的母親，來探病的。」

「那怎麼不幫她開門呢？」

二十六樓病房的自動門出於安全原因，必須從護理站裡按下開門鍵，或者用職員證刷過門邊的讀卡機才會打開。

「因為四十住小姐本人不想接受探病。我正煩惱著不知道該怎麼辦呢。」

不希望母親來探病？諏訪野想起繪理曾經說過，可能是母親和妹妹把她住院消息走漏出去。

「……請開門吧。」

猶豫了十幾秒後，諏訪野這麼對護理師說。

「可以嗎？」

「沒事，我來跟她說。」

護理師按下按鍵後，自動門開啟。繪理的母親畏畏縮縮走進來。

「您是四十住繪理小姐的母親吧？」

諏訪野一走近，她就縮著脖子點點頭回答：「對，我是四十住洋子。」

「我是跟著主治醫生上林受訓的諏訪野。您是來看繪理小姐的吧。」

「對。不過那孩子每次都說不想見我……」

「我帶您過去，請跟我來吧。」

諏訪野在走廊上前進。他並不確定把四十住繪里的母親帶來是不是個正確的決定，不過不久前繪理那悲痛的表情，驅動了他這麼做。

苦於罕病的繪理，一定按捺著內心的各種痛苦。他隱約覺得，跟母親見面或許可以稍微緩和一下她的苦。

來到繪理病房前，諏訪野敲了敲門。門裡傳來慵懶的「請進」兩個字。諏訪野打開房門進去。

看到跟在諏訪野身後進了房間的洋子，繪理深深倒吸了一口氣。僵住幾秒後，她瞪著諏訪野。

「為什麼那個人會在這裡？我應該已經確實交代過護理師，不想見到那個人了。」

被女兒稱呼為「那個人」，洋子一聽表情瞬間變了。

「是嗎？抱歉啊，我不太清楚。」

諏訪野決心裝傻，繪理故意明顯地咂舌。

「你們醫院到底怎麼搞的？一下子走漏我住院的消息、一下子又隨便放我不想見的人進來，付這麼多錢住進這個樓層有什麼意義呢？」

「走漏住院消息的是我們醫院的職員嗎？」

「你這話是什麼意思？」繪理的視線瞬間銳利了起來。

「沒有，我沒有特別的意思。總之，令堂難得來探病，兩位不如就聊一聊吧？」

諏訪野這麼說完，繪理表情僵硬地將視線移到她母親身上。

「……妳來幹什麼？」

「當然是來看看妳啊。」

洋子走近女兒病床。

「反正妳一定覺得我活該吧？是不是心想都是因為我不聽妳的話硬要進入演藝圈，才會遭報應？」

「妳在胡說什麼，我怎麼可能這樣想！我只是希望妳能快點好起來……」

「我才不會相信這種話，妳三年前不是說了嗎？『妳才不是我的女兒』。」

「那只是一時氣話……我怎麼可能真的這樣想呢。」

「誰知道呢？」

「我跟紗智都很擔心妳。其實我也很想帶她一起過來，但是她的身體……」

「紗智狀況不好嗎？」繪理試探地問。

「她說身體感覺很疲倦，再加上一個星期三次的透析，精神上好像也很吃不消……」

繪理瞬間皺起眉頭。但馬上又恢復面無表情的樣子。

「也就是說她還沒有接受腎臟移植？我終於知道妳特地來見我的原因了。」

「來見妳的原因？」

「妳跟紗智都希望我早點死吧？」

女兒的話逼得洋子口中發出輕聲哀鳴。

「妳怎麼會說這種話呢？」

「妳也不用再瞞了，我都懂。妳覺得如果我死了就能拿到遺產，紗智還能有腎臟能移植對吧？畢竟以前檢查的時候已經知道我的腎臟可以移植給紗智了。但是很遺憾，就算我死了，也不打算留給妳們任何東西。所以妳趁早死了這條心，別再出現了。」

繪理忿忿說完這段話後揮了揮手，就像要趕跑蟲子一樣。洋子緊咬著唇，迅速轉身離開病房。諏訪野急忙追在洋子身後。

「您……您不要緊吧？」

他關心地詢問走廊上低著頭的洋子。洋子將手放在胸口，深呼吸了幾次試圖平息自己的心情，之後勉強擠出聲音回道：「我沒事。」

「不好意思，都怪我多管閒事。」

「不，至少能見到她，我已經很滿足了……」

洋子沉默了十幾秒後繼續說：

「她本來是個很體貼的孩子。在澀谷被現在的經紀公司挖角成為偶像之後，也一直在幫忙家計。我們家是單親家庭，小女兒一直有腎臟的毛病，經濟上本來就非常困難。」

「您本來反對繪理小姐進入演藝圈嗎？」

「演藝圈遠比我想像的更嚴酷，繪理那孩子看上去已經筋疲力盡。如果她想實現自己的夢，那我當然支持她。但如果是為了賺錢養我們，那我希望她不要有這個念頭，當個普通女孩享受青春就好。」

洋子深深嘆了口氣。

「幾次衝突之後，那孩子就離家出走住進公司宿舍，漸漸走進演藝圈的世界。看到她成為走紅的女演員我當然很高興，但是後來又因為各種事件被媒體攻擊，她也開始避著我們。尤其是生病之後……果然她不適合吃這行飯。當時如果我硬是逼她放棄，她一定可以健健康康、也不至於得這種病……」

洋子摀著臉，肩頭開始抖動。諏訪野只能在一旁靜靜守著她。過了三分鐘左右，洋子抬起頭來，用她充血的眼睛看著諏訪野：「不好意思讓您聽我說這些。」然後向他鞠了一個躬後離去。

目送她淒然的背影後，諏訪野回到繪理病房。

「幹嘛？又有什麼事？」

看到進房的諏訪野，繪理很不耐地說。

「為什麼要對妳母親說那種話呢？」

「這跟你沒關係吧？別人家的事請不要多管閒事。」

「……這樣真的好嗎？」

「怎麼？你的意思是我隨時可能會死，最好趁還有一口氣在，跟家人和解是嗎？」

「我不是這個意思……」

「比起跟家人的關係，確保我能活命才是你的工作吧？」

她說得很有道理，諏訪野無言以對，房間籠罩在一片凝重的沉默中。

「喂。」先打破沉默的是繪理：「你是PGY吧？因為以後要成為心臟專家，才來這一科受訓的嗎？」

「不是……PGY必須要跑很多不同科別，之後再決定要去哪一科。我只有這個月會待在這科。」

「喔，這樣啊。所以你不會一直負責我嘍？那你以後要去哪一科？」

「不知道，還在猶豫沒有決定。」

雖然不知道她為什麼問這個問題，還是老實地回答了。

「喔，還在猶豫啊。……真好，你還可以為將來煩惱。」

繪理望著窗外。

「如果在美國接受了心臟移植，四十住小姐也一樣可以為將來煩惱啊。多花點時間，家人之間一定可以互相理解的。」

繪理側臉刻畫著深深的哀愁，讓諏訪野脫口說出這些安慰。

繪理轉過頭來，看著他微笑。

笑容裡帶著深沉的哀切。

把洋子帶到繪理病房的三天後，午休時諏訪野正在醫局裡抱頭苦思。桌上放的是明年度開始的受訓科別申請單，也就是決定自己將來要選擇哪一科的申請資料。

申請期限已經迫在眉睫，而他至今還沒有決定要去哪一科。諏訪野雙手亂抓頭髮，將申請書塞進抽屜，打開筆記型電腦看起了網路新聞。剛剛煩惱了好一陣子，感覺腦細胞都發燙了。得稍微休息一下才行。

滾動著畫面，其中一條新聞標題吸引了他的視線。

「愛原繪理募款金額達數億日圓？批判聲浪四起。」

他猶豫了片刻，還是點擊了那則標題打開新聞。

「短短不到一週時間，愛原繪理募集到的款項已經遠遠高於預計金額，足見社會大眾的關注。然而，知名演藝人士使用公共平台募集醫療費用的手法，已經在網路上引起強烈反彈。此外，對於已募到需要款項後依然持續接受捐款一事，也有不少質疑的聲音，不少人懷疑募集到的款項是否真的全數用於醫療費用。關於這些疑問，經紀公司表示：『沒有用於治療的募款，將捐贈給研究小兒心臟病治療的財團。』在援救會的規章中確實也有這一條記載。」

諏訪野看了這篇報導，上面提到募款活動是由公共第三方機關所營運，因此募集到的款項不得用於原本目的以外，至於「醫療費用」的定義仍有不透明的部分。

讀完報導的諏訪野闔上筆記型電腦，深深嘆了一口氣。這時，上午有門診的上林走進了醫局。

「喔，上林醫生，門診結束了嗎？辛苦了！」

上林沒回應諏訪野的招呼，大步走了過來，壓低聲音對他說：「你看這個。」順手將一本雜誌放在桌上。那是一星期前揭露繪理住院消息的雜誌。

「他們又寫了什麼關於四十住小姐的事嗎？」

「不是她，是她的經紀公司。」

上林翻開雜誌。看到頁面後諏訪野屏住呼吸。上面是一篇關於久米社長盜領公司大部分公款，還進行惡質逃稅行為的報導。甚至還附上了公司存摺和內帳的照片作為證據。

「這是……」

「既然是同一間雜誌爆出來的，那透露四十住小姐住院消息跟社長盜領公款跟逃稅的，應該是同一個人物。也就是說，可以刪除掉社長為了節省四十住小姐醫療費用、發起募款，才走漏住院消息給雜誌這個選項。」

「請問……」諏訪野發現一件事，開口問道：「這上面說久米因為好賭虧空了太多錢，所以公司幾乎沒剩多少錢。如果真的是這樣，那表示公司原本出不起四十住小姐的醫療費？」

「對，沒有錯。」

「說不定就是因為這樣，上星期才故意釋放出四十住小姐住院的消息開記者會，發布募款活動吧？要不然就籌不出醫療費了。」

「不可能吧，你看，這星期刊了社長的醜聞啊。」

「社長本人可能跟之前走漏消息無關。但如果是其他員工呢，這樣一想不就合理了嗎？某個知道社長無意支付醫療費，而且又很想幫助四十住小姐的人物。」

「你說的這個人物是……」

諏訪野點點頭，上林拿起雜誌轉身跑向出口。諏訪野也追在他身後。

來到新館二十六樓病房的諏訪野和上林，逕直走向繪理病房。來到距離病房幾公尺處，房門打開，橫溝走了出來。

「橫溝小姐，您要去哪裡？」

上林聲音冰冷地詢問。橫溝看著他們兩人，表情幾乎沒有變化：「我要去商店買午餐。」

「方便耽誤您幾分鐘嗎？」

上林指著就在旁邊的病情說明室房門。橫溝輕輕聳聳肩後，點了頭。進入房間後，橫溝坐在後方的摺疊椅上。

「這是怎麼回事？」

上林將攤開的雜誌放在桌上。

「怎麼回事？就是這上面寫的啊。知道事跡敗露之後久米躲得不見蹤影，我看公司也完了吧。」

橫溝平靜地說道。

「上星期對外透露四十住小姐住院消息的，該不會是您吧？還有這本雜誌上說的盜領公款跟逃稅也是？」

「是又怎麼樣？」

橫溝面不改色地回答，上林皺起眉頭。

「是又怎麼樣？那您是承認了？」

「承認啊，是我說的。久米根本不打算付繪理的醫藥費，他竟然還說繪理沒有花兩三億的價值。他只是為了避免自己不幫繪理的風聲傳出去，才說謊表示要籌錢讓繪理去美國接受心臟移植。我實在無法原諒。所以我先對外透露繪理的病情，吸引世人的關注，然後建議社長可以發起募款。那個男人高高興興地接受了這個不用犧牲自己荷包的方法。不僅如此，假如繪理真的重回演藝圈，他還盤算著要讓繪理再次翻紅大賺一票。我不能眼睜睜看著繪理成為那個男人的道具。所以這星期我把他盜領公款跟逃稅的事都說出去了。」

橫溝用她一如既往沒有抑揚頓挫的語氣一氣呵成地說完，對兩人投以略帶挑釁的眼光。

「我的行動有什麼問題嗎？你們應該是醫生吧？與其追究我的行動，調整繪理的身體狀態才是你們該做的工作，不是嗎？」

「……關於走漏消息這件事，先前在你們的要求下我們醫院已經成立了調查小組正在進行調查。能請您盡快撤銷這個要求嗎？」

上林從喉嚨深處擠出這句話，橫溝回答：「好，我知道了。」然後站起身來，打算離開房間。

「請等一下。」

被上林叫住的橫溝手還放在門把上，她轉過頭來。

「怎麼了？」

「您說美國已經做好接收四十住小姐的準備，這是真的吧？四十住小姐真的要去美國接受心臟移植吧？」

「……我可是為了繪理，毀了自己的公司。我所做的一切都是為了繪理。」

「所以相關的準備確實都在進行中對吧？」

上林又確認了一次，她沒有回答，只是微微揚起嘴角，便離開了房間。

「她那是什麼反應！」上林拍了一下桌子。

「上林醫生。」

諏訪野怯生生地問。

「我有個社團的學長，現在正在四十住小姐預計接受移植的醫院留學。要不要請他幫忙問一下？」

「……能麻煩你嗎？」

諏訪野緊抿著嘴，用力地點點頭。

幾個小時後，諏訪野躺在宿舍的床上仰望天花板。新年度開始該選擇的專業科別，還有繪理的事。腦中思緒如麻，愈想愈糾結。

桌上的筆電發出微弱的電子聲響。諏訪野從床上起身看著螢幕，收件匣裡來了一封新郵件。是正在繪理預計接受心臟移植的醫院留學的學長寄來的信。

跟橫溝談過後他馬上寄了一封信給對方，請求幫忙確認繪理轉院手續進展的狀況，看來已經查到了。

打開郵件，看著上面寫的內容，諏訪野的表情逐漸僵硬。信上寫著，自己留學的醫院裡其實根本不接收來自國外的移植患者。

諏訪野抱著頭。所以轉院手續已經在進行這件事本身就是個謊言。如果現在才要開始找接收醫院，不知道還得花多長時間。

「到底怎麼回事？」

假如轉院的事是真的，至少還能說明橫溝的所有行動都出於想幫助繪理。可是如果不打算幫繪理，那她又是為什麼把消息外洩、籌這麼一大筆錢呢？

想要佔為己有嗎？不、不對。網上的報導寫過，這次的募款會匯集到第三方機構。橫溝應該無法自行動用這筆錢。

諏訪野抓亂了頭髮，腦中忽然掠過繪理的臉。那是三天前他們談話時，繪理那張帶著說不出哀戚的笑臉。這個瞬間，他的身體劇烈抖了一下。

腦中浮現一個假設。

「是這樣嗎……」

他嘶啞的聲音融入了房間乾燥的空氣中。

晚上十點多，身穿白袍的諏訪野刷了職員證打開二十六樓病房外的自動門。夜班護理師瞥了他一眼，但沒多說什麼。

走過走廊，諏訪野敲了敲繪理的房門。裡面傳出跟平時一樣的慵懶回應：「請進。」打開門，諏訪野慢慢走進病房。

「喔？是諏訪野醫生啊，這個時間有什麼事嗎？」

病床上的繪理那張淡然笑臉，讓他看了揪心一痛。

「……身體狀況怎麼樣？」

不知道該如何開口的諏訪野，先挑了個最安全的問題。

「怎麼了？這個時間特地來問我這個嗎？」

「這……不好意思。」

「也犯不著道歉啊。反正我也睡不好，不如陪我聊聊吧。」

繪理指著病床旁邊平時橫溝坐的那張摺疊椅。諏訪野微微點了頭，坐在椅子上。

沉默籠罩著房間。諏訪野舔了舔乾燥的口腔內部，然後慢慢開口。

「今天一天應該……應該挺辛苦的吧。」

「嗯？你說我們社長的事嗎？那算是他自作自受吧？你剛剛也聽橫溝小姐說了吧？他根本只把公司藝人當成棋子，還會從薪水裡揩油水。那種公司還是倒一倒才不會禍害社會。」

繪理咯咯笑了起來，似乎真心覺得有趣。

「但妳還是一直待在這間公司？」

「雖然會被揩油水，但是我除了演藝圈也不懂得其他賺錢方法。假如換去其他公司一定會被冷凍。其實就算不換公司，也因為太忙弄壞了身體，一天到晚讓拍攝工作開天窗，愈來愈接不到工作了。所以才自暴自棄幹了很多荒唐事。」

繪理露出自虐的笑容，大大攤開雙手。

「總覺得今天好開心哪。」

看到諏訪野皺起眉，繪理露出淘氣的表情。她的態度實在不像過去對醫院職員總是築起高牆的繪理，是那麼溫暖又深具魅力。

「反正諏訪野醫生應該都已經發現了吧？這個時間過來，而且你都寫在臉上了。既然這樣我也不用特別演戲了。」

「發現？發現什麼？」

心臟的跳動愈來愈快。繪理伸出手，摸著諏訪野的臉頰。

「由諏訪野醫生來說好嗎？可以的話，我不想自己說出口。」

在那對哀傷雙眼的凝視之下，諏訪野將手放在胸口，慢慢開口。

「四十住小姐，妳一開始就沒有要去美國接受心臟移植的打算吧。」

「你是怎麼知道的？」

繪理仰望天花板深深吐著氣的側臉，浮現出彷彿擺脫掉纏身附體般的表情。

「我有個學長正在妳說要轉院的那間美國醫院留學，我跟對方聯絡上，請他調查妳是不是真的在準備轉院。」

「這樣啊，真沒想到你會查到這個地步。本來只是想隨便說間有名的醫院，竟然會敗在這一步。」

「聽到這件事時，我本來以為妳被騙了，會不會是橫溝小姐以妳為餌來募款，想霸佔那些錢。但是這次的捐款是由第三方組織負責收集，無法隨便佔為己有。於是我忽然想到今天白天橫溝小姐說的那句話：『我所做的一切都是為了繪理。』我總覺得只有那句話才是橫溝小姐真正的心意。所以我懂了。妳沒有被騙，妳也是共犯。」

「共犯？不做心臟移植，對我有什麼好處嗎？」

繪理看起來很開心地問道。

「對，這就是我不懂的地方。但是線索其實都清清楚楚寫在援救會的規章裡。」

話說到這裡，諏訪野停頓半晌，舔了舔嘴唇。

「上面寫著，沒有用於妳醫療費用的錢，將捐贈給研究小兒心臟病治療的財團。」

繪理無言地微笑。

「運用自己的影響力，來賺取能捐給心臟病研究的錢。這就是妳跟橫溝小姐的計畫吧。」

繪理將視線移向夜幕低垂的窗外。

「一年半以前，在我剛生這場病的時候，本來以為應該有辦法治療，我也認真想過要去美國接受心臟移植。我很清楚公司不可能出這筆費用，當時也想過募款的方法。但是出出入入幾次醫院，我看見很多比我更年輕、得了一樣疾病的孩子。小孩的器官比大人更難找到捐贈者對吧？……有好幾次我都眼睜睜地看著那些孩子就這樣死去。」

「……所以妳才有了想幫助那些孩子的念頭？」

「我的人生雖然不長，但密度非常高。演藝圈確實辛苦，可是日子很充實。我的工作獲得世人肯定，也談過幾場戀愛。可是還有很多孩子沒機會體驗到這些就得死去。所以我想出了這次的計畫。我打算在美國動心臟移植手術的那筆費用，說不定可以拯救更多未來的孩子。」

繪理大概是說累了，在這裡深深吐了口氣。

「不願意跟令堂見面，是怕動搖自己的決心嗎？」

「……對。另外我也希望自己死的時候，我媽跟妹妹不要太難過，所以才盡可能疏遠她們。不過都怪有人多管閒事，把我媽帶來了。」

繪理輕輕瞪了諏訪野一眼。諏訪野縮了縮脖子：「不好意思啊。」

「沒關係，很久沒跟我媽見面，果然還是會想她，我很開心的。」

聽到她這麼說，諏訪野緊抿著唇。繪理放鬆了表情。

「幹嘛表情這麼嚴肅啦。我只是不去美國接受心臟移植，還是會好好在這裡接受治療的啊，又沒有放棄。要是我在日本運氣好、能接受心臟移植，那我當然會動手術，又不是一心想死。不過……」

繪理仰望天花板。

「如果有什麼萬一，希望可以給這個世界留下一點什麼，如此而已。」

諏訪野盯著她的側臉，繪理顯得有些不安地看向他。

「所以呢？諏訪野醫生打算怎麼做？要把剛剛那些事情告訴媒體嗎？」

諏訪野慢慢搖搖頭。

「我怎麼可能這麼做呢，醫生有保密義務的。」

繪理露出安心的表情。

「但是我必須跟上林醫生報告。大概明天吧，妳跟橫溝小姐兩個人請等著聽上林醫生的牢騷吧。」

「好的，我知道了，諏訪野醫生。」

繪理誇張地說著，兩人視線相交。

「對不起啊，我對醫生和護理師們的態度一直很差。一方面是擔心萬一感情太好會守不住口風，而且我對我媽那麼冷淡，如果正常對待醫院的人，感覺也太奇怪了。」

「確實是爐火純青的精采演技呢。」

「那可不，別看我這樣，我可是貨真價實的女演員呢。」

繪理彎起嘴角。看到她這個樣子，諏訪野略顯猶豫地開口問：

「……妳打算，就這樣不跟妳母親見面了嗎？」

笑容從繪理臉上消失。

「妳只是不去美國接受移植，還是會在這裡接受可能的治療對吧？說不定馬上就能接受心臟移植，就算不行，靠心室輔助裝置一樣可以維持現在的狀態。可能不久之後就能開發出心臟移植以外的治本療法啊。所以應該也沒必要刻意疏遠妳母親了啊。」

儘管知道自己說的這些都只是表面的安慰，諏訪野還是激動地探出上半身說著。他也不知道自己為什麼會這麼激動。

繪理僵硬的表情頓時融化。

「需要心臟移植的人很多，你知道要等多久才會輪到我嗎？再說，開發新的治療方法一定得花上更長的時間吧？你覺得我撐得過那段時間嗎？」

「可、可以的……一、一定可以……」

他結結巴巴地這麼回答，繪理苦笑著說：

「只負責我到這個月的人打包票也沒什麼意義啊。」

被說到痛處，諏訪野只好閉上嘴。繪理瞇起眼。

「如果諏訪野醫生明年度開始要來循環器內科，那我倒是可以考慮考慮。」

「我進循環器內科嗎……」

「對啊，你還不確定要走哪一科不是嗎？那就當個循環器內科醫生，用我募到的捐款來研究怎麼治療兒童心臟病，還可以當我的主治醫生。如果你願意答應我，那我就跟我媽和好，也會試著努力接受治療。」

循環器內科……諏訪野半張著嘴僵住不動，腦中鮮明地出現自己成為負責繪理的醫生工作的景象。不知為什麼，覺得擋在眼前的那片濃霧彷彿漸漸散去。

「我……」

他還不知道該怎麼回答，正在組織著字句，繪理已經探出身子拍拍他的肩。

「唉呦，不要這麼認真啦，我開玩笑的。怎麼可以因為這樣就決定諏訪野醫生的未來呢。不要擔心，我會好好跟我媽談的，還有我妹妹。」

他有點錯愕地回答：「……這樣啊。」只見繪理嘴角浮現溫柔的笑，斜眼看著諏訪野。

「但是如果諏訪野醫生真的從明年開始負責治療我，我會很開心的。啊，對了。」

繪理雙手合十放在身穿病人服的胸前。

「我有件事想拜託諏訪野醫生。」

3

發現繪理真正目的後過了兩個星期，這天深夜，諏訪野在自己宿舍房間裡扶著額頭，看著桌前那張研習申請單。在循環器內科的訓練只剩下三天。也就是說，必須在三天之內決定自己將來要走的科別。

跟繪理說完的隔天，諏訪野向上林報告了一切。知道真相之後上林對於自己被騙感到很憤怒，也對繪理和橫溝提出強烈的抗議，但是他當然沒有把募款活動的真正目的對外透露，也答應會繼續在這間醫院裡好好治療繪理。

因為盜用公款和逃稅被告發的久米，大約一星期左右前在關西被逮捕，現在進了拘留所。經紀公司破產，現在橫溝正忙於收拾善後。

募款活動依然持續進行，但是因為上星期曝光的知名演員與女演員的外遇緋聞，外界對繪理的關注也淡薄了不少。

那天之後又過了三天，繪理請母親來到病房。聽繪理坦承一切後，母親流淚崩潰。繪理也很想見妹妹，但妹妹的身體狀況還是不太好，無法跟她見面。

諏訪野手裡拿著原子筆，腦中回想起那個晚上跟繪理的對話。就在他慢慢將筆尖放在紙張上時，手機鈴聲響遍整個房間。

「都這麼晚了，什麼事啊？」

邊發著牢騷邊拿起手機，是上林從手機打過來的。上林今天值班。他心裡開始有種不好的預感。

急忙按下通話鍵，將手機抵在耳邊。

「喂，我是諏訪野。」

「諏訪野，你冷靜聽我說。」

電話裡傳來上林壓低的聲音。

「剛剛四十住小姐病情突然惡化，現在情況很不樂觀。」

從手上滑落的手機在地上彈跳了一下。

心室輔助裝置裡出現血栓，導致腦血栓症。這是醫生對繪理下的診斷。

諏訪野氣喘吁吁地趕到病房時，繪理的自發呼吸已經停止，處於連接著人工呼吸器的狀態。之後經過MRI檢查，發現巨大的血栓阻塞了輸送血液到腦部的血管，神經內科醫生做出了「可能是腦死狀態」的診斷。

接到病情變化的消息後，橫溝和母親洋子趕來醫院，在繪理病房聽到這些診斷後泣不成聲。

諏訪野聽著橫溝和洋子的啜泣聲，看著繪理側臉。她嘴裡插著氣管內插管的管線，不過表情很平靜，就像是睡著了一樣。

「之後……繪理會怎麼樣？還有可能恢復嗎？」

洋子在嗚咽中擠出這句話問道。

「很遺憾，她不可能從腦死狀態恢復了。現在是靠人工呼吸器和心室輔助裝置在維持生命，但是她全身的功能會逐漸衰弱……我想會慢慢持續到最後一口氣。」

「怎麼會……」洋子雙口摀著臉。

「……器官捐贈。」

橫溝忽然冒出這句話，她充血的眼睛望向上林。

「繪理說過，如果自己死了，或者陷入腦死狀態，她希望可以捐贈器官，希望能幫助其他受苦的人。她也填了器官捐贈意願卡，放在我這裡。」

橫溝從包裡取出一張卡片，遞給上林。上林面容嚴肅地看著他接過的這張卡片幾十秒。

「這確實是正式的器官捐贈意願卡，這裡也寫了，如果陷入腦死狀態希望可以捐贈器官。」

上林蹲在洋子面前，輕聲喚道：「洋子太太。」洋子移開摀著臉的手，凝視著上林。

「如果身為母親的您點頭，繪理的器官就可以提供給其他患者。」

「你是說，要從繪理身體裡取出器官？」

洋子哀痛地哭喊。

「首先我們會請神經內科醫生精密地判斷是不是真的進入腦死狀態，假如確實是腦死，將會依照法律宣告死亡。之後我們會聯絡日本器官移植網路，決定繪理的器官要移植給誰，之後……再進行取出手術。」

洋子緊咬著唇聆聽上林的說明。

「取出的器官會迅速移植給需要的患者。但是，如果洋子太太不希望捐贈腦死器官，我們就不會進行腦死的判定。」

洋子沒說話，看著躺在病床的女兒。誰都沒有開口，房間裡只有心電圖監視器的電子音清晰地震動著。

大概過了十分多鐘，一臉苦惱的漫長沉默之後，洋子終於開口。

「……繪理的器官，可以救好幾個人對吧？繪理會繼續活在那些人的身體裡……她希望這麼做，對吧？」

「對，沒有錯。」上林緩緩點頭。

「那就這麼做吧。」洋子擦了擦眼角：「請您幫這孩子，完成她最後的希望。」

「好的。那我馬上去辦理手續。」

「請等一下！」

上林正要離開房間，諏訪野叫住了他。

「諏訪野？」上林訝異地蹙眉。

「四十住小姐……繪理小姐她交代我一件事，她說萬一自己陷入腦死狀態，要我幫她完成。」

諏訪野打開病床床頭邊桌的抽屜，拿出收在最後方的兩個信封，交給洋子。

「這是……」洋子猶豫地接過了信封。

「這是她寫給您的信，她說上面寫了對您的感謝和歉意，還有自己最後的願望。」

「最後的願望？」上林反問。

「對，信裡應該也寫了，她想把自己的腎臟移植給妹妹。」

「把腎臟移植給妹妹？這不可能。器官移植的對象，會由日本器官移植網路依據各種指標來判斷最需要器官的患者，不能指定移植對象。」

「上林醫生，您說的是腦死時的器官提供、或者是死後的器官提供。繪理小姐現在或許是腦死狀態，但是在神經內科醫生做出最後判斷之前，法律上她都還『活著』。另外這邊還有一封在律師見證下寫的文件，表明她希望將腎臟移植給妹妹的意願。」

諏訪野舉起另一封信。上林面容嚴肅地交抱著雙臂。

「……原來如此，也就是活體移植是嗎？假如是活體移植，還活著的人提供腎臟給自己家人確實一點問題也沒有。」

諏訪野看著洋子的眼睛。

「繪理最後的願望就是幫助因病受苦的妹妹。妹妹還未成年，只要您點頭，她的願望就能成真。請給繪理小姐一個機會，讓她的一部分可以繼續活在妹妹身體裡。」

洋子眼中流下淚水。她沒有拭去淚水，就這樣用力地點了頭。

隔天，依照繪理的期望，將她的腎臟移植給妹妹。考量到本人有可能拒絕，事前並沒有告訴妹妹這是繪理的腎臟，只說突然找到適合的捐贈者，要她接受移植手術。

洋子堅定表示，總有一天會親口告訴她這個事實。

移植手術順利結束，之後進行了繪理的腦死判定。依照規定順序，判斷繪理為腦死，向日本器官移植網路報告，安排器官摘除的行程。

諏訪野在循環器內科受訓的最後一天，進行了繪理的器官摘除手術。已經跟家人完成道別的繪理，身體被放在推床上，送進手術室。諏訪野和上林也陪在一旁。

推床來到手術室前。諏訪野他們只能送到這裡，之後會從繪理的身體裡取出器官，送到各個等待的患者身邊。

「四十住小姐，您辛苦了。」

上林對繪理低頭輕聲致意，離開推床邊。接著輪到諏訪野走近推床邊。

他眼角一熱，頓時不知該說什麼好。推著推床的麻醉科醫生和護理師們並沒有催促他。

諏訪野怯生生地伸手觸摸繪理的臉頰，傳回來的體溫清晰地喚回了跟她這一個月以來的回憶。諏訪野深吸了一口氣。

「再見了，繪理小姐。」

這樣就行了。湧上心頭的心情，想必不用化為言語，也能傳達給對方。

推床送進手術室。諏訪野一直看著那扇鐵製自動門關上。

「上林醫生。」諏訪野擦擦眼角說。

「怎麼了？」

上林的聲音格外溫柔。

「我決定要去哪一科了。」

後話

站在門前整理白袍前襟的諏訪野，正用力深呼吸想緩解自己的緊張。

四月一日，結束兩年的PGY生活，今天開始，就要正式展開自己的行醫人生了。

仰望天花板，這兩年的不分科住院醫師訓練生活記憶鮮明重現。跟各色各樣的醫師還有患者相遇，獲得各色各樣的經驗。

快樂的記憶、痛苦的記憶，所有記憶都閃閃發光，化為自己的血肉。

為了逃避心愛男人的暴力，再三大量服藥的女性；為了讓家人領到保險金過著幸福生活，不惜讓手術刀劃上自己身體的老者；為了幸福的未來，自己燙傷小腿的母親；為了見到摯愛的父親，丟掉藥劑的少女。還有……

闔上眼，眼皮底下是那個不惜欺騙世人只求拯救更多性命的女人對他微笑。

好，該出發了。

諏訪野握住門把，打開門。房中除了教授，還有大批醫局成員正在等待。

沐浴在眾人的掌聲中，諏訪野深吸了一大口氣。

「我是從今天起加入循環器內科的諏訪野良太，請各位多多指教！」

充滿霸氣的聲音，響遍循環器內科的醫局中。

春日
ハルヒブンコ
文庫

112

祈願的病歷表

祈りのカルテ

祈願的病歷表/知念實希人作；詹慕如譯. -- 初版. --
臺北市：春天出版國際文化有限公司, 2022.09
面；　公分. -- (春日文庫；112)
譯自：祈りのカルテ
ISBN 978-957-741-573-8(平裝)

861.57　　111011824

ISBN978-957-741-573-8
Printed in Taiwan

作　　者　知念實希人
譯　　者　詹慕如
總 編 輯　莊宜勳
主　　編　鍾靈

出 版 者　春天出版國際文化有限公司
地　　址　台北市大安區忠孝東路四段303號4樓之1
電　　話　02-7733-4070
傳　　眞　02-7733-4069
E－mail　story@bookspring.com.tw
網　　址　http://www.bookspring.com.tw
部 落 格　http://blog.pixnet.net/bookspring
郵政帳號　19705538
戶　　名　春天出版國際文化有限公司
法律顧問　蕭顯忠律師事務所
出版日期　二〇二二年九月初版

定　　價　320元

總 經 銷　楨德圖書事業有限公司
地　　址　新北市新店區中興路二段196號8樓
電　　話　02-8919-3186
傳　　眞　02-8914-5524
香港總代理　一代匯集
地　　址　九龍旺角塘尾道64號 龍駒企業大廈10 B&D室
電　　話　852-2783-8102
傳　　眞　852-2396-0050